カノジョの妹とキスをした。
I kissed My Girlfriend's Little Sister
4

「おにーさんのうそつき」
時雨は恨めしそうに
俺を横目で睨みながら、
ぷくぅっと頬を膨らませる。

「だから博道くん……、
あたしの側にいてね？
博道くんがもし、万が一いなくなっちゃったりしたら、
あたし、あたし――
死んじゃうかもしれないから」

「そこにいるんでしょう。姉さん」
『入れてください。
おにーさんの話をしましょう。
私達にはそれが必要なはずです』

カノジョの妹とキスをした 4

I kissed My Girlfriend's Little Sister

Contents

presented by MISORA RIKU illust. SABAMIZORE

カノジョの妹とキスをした。4

海空りく

GA文庫

カバー・口絵・本文イラスト
さばみぞれ

ＥＸ１　逃げ出した先で

子供の頃、テレビの中でママの姿を見たとき不思議な気持ちになった。

ママはあたしのすぐ傍《そば》にいるのに、テレビの中にはあたしの知らないママがいる。

カフェの店員さんだったり、刑事さんだったり、お医者さんだったり――

そのどれもがキラキラしていて、カッコよかった。


それを見て子供心に思ったんだ。

あたしもいつか、ママみたいにカッコよくなりたいと。


もちろんあたしに大した才能なんてなかった。

まあそもそもママだって売れないまま消えていった女優だ。そんなもの望むべくもなかったのかもしれない。

学童保育で出会った博道《ひろみち》くんのおかげで両親の離婚から立ち直った後、小中学校どちらも演劇部に所属したけど、担当した役は端役《はやく》ばかり。名前があるような役を任せてもらったことはなかった。

だけど、……高校に入ってから、何もかもが自分でも信じられない方向へと動き始めた。

女子高生作家として有名な演劇部の八神《やがみ》部長から目をかけてもらえたことから始まり、文化祭の主演に抜擢《ばってき》してもらったり、合宿で撮った、なんてことのない写真がネットでバズってＴＶに出演したり、ついには映画のプロデューサーさんがあたしに逢《あ》いたいと言ってくれたのだ。

ちょっと普通じゃない。自分でも驚いている。まさにシンデレラストーリーだ。

だけど思いかえせば、高校に入ってからのあたしは非常に強い運に恵まれていた。

なぜなら、ずっと前に縁が切れたと思っていた初恋の男の子と恋人になれた上に、生き別れた大好きな双子の妹と再会することまで出来たのだから。

運には流れがあって、何もかもが上手《うま》く行く、そんな時間が人生に一度は訪れるという。

きっとあたしは今、その時間の中にいるのだろう。

だからこそ――今やれるだけのことをやっておかないと、もう二度と今回のような破格のチャンスは訪れない。

子供の頃抱《いだ》いた夢。

母と同じ世界に行きたいという願いを叶《かな》えるためには、ここが頑張りどころなのだ。

だからあたしはありったけの勇気をもって、夢に手を伸ばした。

あたしを映画に使いたいと言ってくれたプロデューサーさんの手を摑《つか》むために。

だけど、

「へえ、綺麗《きれい》になったね晴香《はるか》ちゃん。俺《おれ》のこと覚えてるかな?」

あたしは忘れていたんだ。

分不相応な夢を見た者が、蠟《ろう》の翼を焼かれて地に墜《お》ちる寓話《ぐうわ》のことを。

×　×　×

「――――」

演劇部の部長に招待されたプロデューサーさんとの食事会。

その場に遅れて現れた男の人の顔を見た瞬間、あたしは息の仕方を忘れた。

パクパクと浜辺に打ち上げられた魚のように口を動かすが、息は出来ない。


「あれ？　もしかしてオレ、忘れられてる？」


男はよく手入れされたシミも髭《ひげ》もない綺麗な頬《ほお》に苦笑いを浮かべながら、カルマパーマを困ったように掻《か》く。

違う。忘れていたんじゃない。

……忘れているわけがない。

十年経《た》っていてもはっきり覚えてる。

だって、

「い、いえ。高尾《たかお》タカシ、さん……ですよね」

ママと浮気《うわき》をしてあたし達の家族を壊した人なんだから。

「よかったー。オレ女の子に顔忘れられるなんて滅多《めった》に無いから、ヒヤヒヤしたよ」


あたしの言葉に、高尾《たかお》さんはほっとした様子で胸をなでおろす。

その和《なご》やかな態度に、あたしの混乱はますますひどくなった。

なんで、この人が今現れるのか。

あたしにとって憎んでも憎み足りないこの人が。

よりにもよって今日、この場所に。

それも……顔に笑顔さえ浮かべて。

プロデューサーさんは彼が『あたしの母の知り合いが、あたしに逢いたいと言ってきたから誘った』と言ったが、あたし達は和やかに再会を喜べるような間柄ではなかったはず。

なのに、どうして――


「じゃあ高尾さんも来たことだしレストランに移動しましょうか。昔からの知り合い同士つもる話もあるでしょうが、それは食事をしながらということで」

混乱するあたしをよそに、部長に紹介されたプロデューサーの糸井《いとい》さんがソファーから立ち上がった。

「糸井さん糸井さん。今日のごちそうはなーに？」

「ジビエ料理メインのフルコースを。八神先生のリクエスト通りに用意してもらっています」

「やったー。糸井さんっておねだりしたらなんでも奢《おご》ってくれるから好きー」

「まあ僕の金ではないですからね。八神先生と居ると面白《おもしろ》いものを色々食べられて楽しいですよ」

「言うねぇー。流石《さすが》北映の敏腕プロデューサー」


それに続いて部長も席を立つ。


「ジビエかぁ。飛び入りでごちそうになる身で文句つけるのもアレだけどさ……変な肉とか、使ってないだろうね？」

「そんな変な肉はありませんよ。シカとか、ウサギとか……」

「ほっ。そのくらいなら――」

「あ、メインディッシュは八神先生の要望で子羊の脳味噌《のうみそ》を用意してもらってます」

「ええええ⁉　や、八神ちゃん、脳味噌なんて食べんのかい⁉」

「逆ですよ逆ぅ。食べたことないから、これを機会に食べておきたいんですー。作家業の引き出しは経験でしか増やせないのでー。役者だってそうでしょー」

「……オレの分だけ別に用意してもらえないかなぁ」

気づけば座っているのはあたしだけになってしまった。

この後すぐに喫茶店を出たところのエレベーターに乗り、最上階のレストランへ向かうのだろう。


どうしよう。

汗が水を被ったように背中を濡《ぬ》らすのがわかる。

想像もしていなかった再会に思考がグチャグチャになっていて、とても食事なんて喉《のど》を通りそうにない。

……とにかく時間が欲しい。気持ちを、この動揺を落ち着かせる時間が。

だからあたしは、声をあげた。

「あのっ、すいませんっ」

「どしたの晴香ちゃん」

「ちょっと……その、先におトイレに……行ってきていいですか?」

とっさに出たその言い訳は、果たしてもうすぐ16になる乙女としてどうなのか。

でも照れる余裕なんてなかった。

プロデューサーの糸井さんもそこは大人だ。

笑ったりせずに、快く頷《うなず》いてくれた。

「ええどうぞお構いなく。僕らはここで待っていますから」

「早くしてねー。私もうお腹《なか》ペコペコなんだからー」

急《せ》かす部長にごめんなさいの会釈をして、あたしは逃げるようにトイレへと向かう。

巨大な大岩を投げ込まれたかのように波打つ感情をすこしでも落ち着かせるために。

× × ×

高尾さんから逃げるように、カフェのトイレに駆け込んだあたしだったが、どれだけ落ち着けと念じても心の水面に立つ波は収まらなかった。

でも、それも当然だ。あたしは高尾さんがなんの用であたしに逢いに来たのか、それさえもわかっていないんだから。

わからない、が一層不安を掻き立《た》てる。

こんな状態で落ち着けるわけがない。

だけど、

「いつまでも……こんな顔してちゃだめ……」

洗面台の前の鏡に向かって叱りつける。

思い出せ。今日あたしはここに何をしに来たのかを。

いくつもの幸運に恵まれて実現したこの席で、あたしは憧《あこが》れてた世界へのコネクションを作りにきたんじゃないか。

部長のおかげで逢っていきなり映画のエキストラの話を貰ったりと、出足は好調だ。

でもこれは部長の力だ。あたしの力じゃない。部長があたしにチャンスをくれた。そのチャンスを捕まえられるかどうか、必ずあたし自身の握力が試される時が来る。

だったらプロデューサーさんの前でこんな顔をしていちゃだめだ。

こんな怯《おび》えた顔をしていたら、いい印象を残せない。

ちゃんとしないと。

なによりお祭りデートをドタキャンしたあたしを許して、応援までしてくれた博道くんに申し訳がない。


あたしは軽く自分の両頬を叩《たた》いて気合を入れなおす。

高尾さんのことは気になるが、今は無視だ。

彼が何を考えているのかは知らないが、プロデューサーさんや部長がいる前ではそう変なことも出来ないだろう。

今はこのチャンスをしっかりと摑むこと。それだけを考えないと。

そう自分に強く言い聞かせ、虚勢という鎧《よろい》を纏《まと》ってあたしはトイレを出る。

「よお。顔色が悪いぜ。晴香ちゃん」

だけど、そんな取り繕った虚勢は本人を前にしたらあっという間に消し飛んでしまった。

「た、高尾、さん。どうしたんですか……こんなところで」

「いやぁ、オレもトイレを済ませておこうと思ってね」

嘘《うそ》だ。

高尾さんはトイレの前の廊下の壁にもたれかかっている。

たまたまタイミングが重なっただけなわけがない。

あたしを、待っていたんだ。

その事実にあたしは心底恐ろしくなった。

逃げなきゃ。すぐにこの状況から逃げ出さなきゃ。

「そ、そうですか。じゃああたしは、先に行ってます」

「まあ待てよ」

「ひっ！」

小走りに擦《す》れ違《ちが》おうとした瞬間、肩を摑まれる。

それもかなり乱暴に。

こんな無遠慮に他人に身体を触られたのはいつ以来だろう。

思わず悲鳴が漏《も》れた。

だけど高尾さんは掴む手を緩めず、むしろ一層指を喰《く》い込ませてあたしの身体を引き寄せると、耳打ちしてきた。

「その様子だと晴香ちゃんもわかってるんだろ。オレが昔知り合った女の子の出世を祝いに来たわけじゃないってことはさ。その通りだよ」

「っ……！」

「晴香ちゃんのバズった写真を見たときから生きた心地がしなかったぜ。八神ちゃんっていう強力なコネクションがある以上、絶対にこっちの世界に来るって思ったからなぁ。

まあ別に、晴香ちゃんがどんな職業を目指そうと、それは勝手だ。好きにすればいいさ。晴香ちゃんの人生なんだからな。でも、そのせいでオレの人生が狂っちまうとなると、流石《さすが》に見過ごすわけにはいかねえ。そうだろ？

だから——今日は晴香ちゃんに警告をしに来たんだ」

「けい、こく……？」

高尾さんは力任せにあたしを振り向かせると、正面からあたしを睨《にら》みつけて言った。

「ああ。芸能界《このせかい》でやっていきたいなら、余計なことは言うもんじゃないぜ」

「……！」

「あの時はオレも若かった。ちょっとした好奇心って奴《やつ》だったんだ。同い年の女なんて飽きるほど寝たからな。実際飽きてた。だから刺激が欲しかったんだ。そのせいで晴香ちゃんには迷惑をかけてしまったかもしれない。反省してるぜ。でも……もう昔の話だ。

オレはもう結婚もしてるし子供だっている。これでも愛妻家俳優ってクリーンなイメージで売ってるんだ。今更そんな昔のことを掘り返してオレのイメージを損ねられたら困るんだ。オレがじゃないぜ。オレが食わせてるたくさんの人間がだ。

オレの商品価値はちょっとネットでバズった程度のガキがどう頑張っても補填《ほてん》なんて出来ないモンだ。そこのところよく理解して行動しないと大変なことになる。オレは大人だからな。皆を守るためになんだっていい、いい、いい、いい、いいっていけないといけない。わかるだろ？」

蛇《へび》に睨《にら》まれたカエルというのはこういう状態をいうのだろうか。

体が芯《しん》から震えて、身動きが取れない。

大人の男の人に強い力で捕まえられて、睨みつけられて、怖くて怖くて仕方ないのに、その威圧してくる視線から目を逸《そ》らすことさえも出来ない。

ただなされるがまま。

そんなあたしの有様を見て、高尾さんは満足げに目を細める。

たぶん、あたしが精神的に屈服したことを理解したんだろう。

もう脅す必要もないとばかりに表情を一変。あたしの記憶にある人好きのする好青年の笑顔に変えて、慣れた手つきであたしの頰を撫《な》でた。

「なに、これは晴香ちゃんにとっても悪い話じゃない。ちゃんといい子にしてるならオレが目をかけてやってもいい。ああそうだ。今度参加する大河のPにも引き合わせてあげるよ。国営放送は金払いがいいしネームバリューも付く。晴香ちゃんをスターダムに押し上げてやるよ。お互い、WINWINで行こうぜ」

優しい顔。優しい声。そんな全部が嘘だ。

細められた瞳《ひとみ》の奥にはどす黒い感情がまるで百足《むかで》のようにうごめいている。

それはあたしの不用意な一言ですぐに這《は》い出してきて、あたしに襲い掛かってくるだろう。

怖い。怖い。喉が恐怖で痺《しび》れて声が出ない。

だからあたしは、頷くしか出来なかった。

「いい子だ」

そう言うと、高尾さんはようやくあたしの肩から手を離した。

そして彼の姿が男子トイレの中に消えてからようやく、あたしは息が出来るようになった。


「ぅあ……っ、はぁ、ぅくっ！」


酸素が身体を巡ると、麻痺《まひ》していた思考が回り始める。

……彼がここに来た理由はよくわかった。

彼はあたしの口から自分が過去にしたことを世間にバラされるのを恐れているんだ。

その口止めに駆けつけてきたんだ。


昔のことを言いふらすつもりなんてなかった。

彼のことは許せないし嫌いだけど、復讐云々《ふくしゅううんぬん》よりももう二度と関《かか》わりたくない。そういう気持ちの方がはるかに強かったから。


だけど、向こうにとってはそうではないんだろう。

あたしがいつ口を滑らせて、今の自分の平穏が脅かされるか、気が気じゃないんだ。

だからあたしがこの世界に居ようとする限り、彼はきっと、どこまでも追いかけてくる。

ずっと、ずっと、ずっと。

あの恐ろしい目が、――あたしのことをいつもどこかで睨みつけている。


「っっっぅ～～～～～！」


あんな……あんな強烈な『悪意』を大人から向けられたのは、生まれて初めてだった。

しかも、その気になればあたしをどうにでもできる腕力と権力を持った大人から。

それを思うと、恐ろしくてたまらなくなった。

体がガタガタと震え、視界が涙で滲《にじ》む。

息を吐くたびに嗚咽《おえつ》が零《こぼ》れて止まらない。

こんな状態で今からレストランに行って、彼と食事をするなんて……考えられなかった。


気が付けば、――あたしは逃げ出してしまった。


今日という日に賭《か》けた決意を投げ捨てて、一人ホテルを飛び出し、夜の街を走る。

あの人から少しでも離れたかった。

転んで擦り傷《きず》を作っても、痛みすら感じない。

心の中は恐怖と嫌悪感でいっぱいだった。

逃げなきゃ。逃げ出さなきゃ。
あの人から、あの場所から少しでも離れるため。
どこへ？

「博道くん……！」

脳裏に浮かぶのはあたしを一番大切にしてくれる人。
あたしを守ってくれる場所。
摑まれていた肩に、高尾さんの爪《つめ》の感触がまだ強い痛みとして残っている。
高尾さんが触れた頬は、蛆《うじ》が湧《わ》いたみたいに痒《かゆ》い。
気持ち悪い。
気持ち悪い。
気持ち悪い。
この気持ち悪いのを消せるのは博道くんだけだ。

彼に抱きしめられたい。
いつものように優しくキスをしてほしい。
そうしてもらわないと、心がどうにかなってしまいそうだった。

だからあたしは自分の家には戻らず、博道くんの家へと向かった。
今日はデートの約束をしていた日。だけどあたしがドタキャンしたから、博道くんはきっと家にいる。

そう期待していたけど、アパートの部屋には明かりがついていなかった。
何度チャイムを押しても返事はない。
博道くんはどこかに出かけてしまっているらしい。
もしかして若林《わかばやし》くん達と花火大会に行ってしまったのだろうか。
ひどい孤独感があたしの胸を締め付け、ポロポロ涙が零れる。
「おねがい……。たすけて。たすけてぇ、博道くん……！」
悲鳴を零しながら、あたしはＬＩＮＥで彼を呼ぼうとする。

でも、その段になってスマホを入れたハンドバッグをホテルのカフェに置いてきてしまったことを知った。

持ち物はポケットに入れていた学生証とSuicaの入った定期入れだけだった。


もうどうにもならない。

だけど……諦《あきら》めて自分の家に帰ろうとは思わなかった。

あの人に触られた感触を残したまま一晩過ごすなんて、耐えられない。

頭がどうにかなってしまう。

だからあたしは博道くんの家の扉の前に座り込んで、立てた膝《ひざ》に額を押し当てて、彼の帰りを待った。

早く早く早く……。

そう祈るような気持ちで。


「あら？　どうしたのそんなところに座って。もしかして鍵《かぎ》を無くしちゃったの？」

途中、同じアパートの住人だろうか。

中年の女性が心配げに声をかけてきたけど、今博道くん以外と話す気にはなれなかった。

あたしは大丈夫です大丈夫ですと生返事を返して、ただじっと博道くんの帰りを待つ。
そうして蹲《うずくま》ることしばらく。
腕時計の数字が22時を経過した頃。
階段を上がってくる足音に顔をあげると、待ち焦《まこ》がれていた人がやっと帰ってきた。

「博道くん！」
「はる、か……？」

博道くんの目が驚きで見開かれる。
デートを断ったあたしが家の前にいることに驚いているんだろう。
でもそのあたりの事情を話すよりもまず、彼の胸に飛び込みたかった。
だからあたしは弾《はじ》かれたように立ちあがり、彼に駆け寄ろうとする。
でも、その瞬間だった。

「え――――」

駆け寄ろうとした脚は石のように固まった。

脚だけじゃない。情緒と思考のすべてが停止する。

あまりに理解を逸した光景を目の前にして。


博道くんの後ろからもう一つの影が覗《のぞ》く。

ふんわりと落ちてくる月明かりが、それを暴《あば》き出《だ》す。

そこに立ち、博道くんの腕に抱きついていたのは、

「どうして、時雨《しぐれ》が博道くんと一緒にいるの……？」

あたしの……双子の妹・時雨だったのだから。

カノジョの妹とキスをした。

I kissed My Girlfriend's Little Sister

第三十四話　とつぜん×サミット

「どうして、時雨《しぐれ》が博道《ひろみち》くんと一緒にいるの……？」
驚愕《きょうがく》に目を見開き、震える唇で尋ねてくる晴香《はるか》。
俺はパニックになってしまって、とっさに言葉を返せなかった。
やばい。晴香に見られた。
時雨と一緒に俺の家に帰ってきたところを。
それも恋人のように手を繋《つな》ぎながら！
なんてことだ。今日までずっと隠し通してきたのに。

「もう……10時だよ、ね？　あれ……、時雨？」

そうだ。そもそもどうして晴香がこんな時間に俺の家の前に居るんだ。
晴香は今日、演劇部の部長に紹介された芸能界の人と逢ってくるんじゃなかったのか。

そのために俺とのデートを断ったんじゃなかったのか。


というか、よく見れば、晴香の様子も、ヘンじゃないか？

俺たちの姿を見て驚いているのはわかる。

でもそれ以外におかしなところがある。

目が泣きはらしたように真っ赤《まっか》に腫れている。

髪は乱れっぱなしで、制服のスカートから覗く膝には痛々しい擦り傷がある。


や、やばい。情報量が多すぎる。なにがなんだか理解が追いつかない。

ただ一つわかっていることは、今、恋人である晴香に、時雨といっしょに家に帰ってきた決定的な現場を見られてしまったということだ。

とにもかくにも誤魔化《ごまか》さないと。

でもどうやって？

わからない。わからないがとにかくなにか適当な嘘を――、嘘を………


「――」

嘘を、重ねるのか？

この期に及んで、まだ。


「ね、姉さん、これは違う――、っ⁉」


突然の事態に固まっていた時雨が、状況をフォローしようと動いてくれた。

俺の腕から身体を離し、晴香に何かうまい言い訳を、と。

でも俺はその時雨の行動をもう一度手を摑むことで止めた。


「博道くん……？」

「に、おにーさん？」

「……もう、いい。いいんだ時雨」


そうだ。

さっき決めたじゃないか。

俺は晴香よりも、時雨のことが好きだ。

晴香にドタキャンされた花火大会の後、俺は自分の気持ちに一つの区切りをつけた。

たくさん悩んで、迷って、どれだけ摘み取ろうとしても胸の奥に在り続けたこの想《おも》い。

この想いに嘘はつかないと。


だったら、これはいつか必ず訪れた瞬間なんだ。

どういう理由、どういう経緯で晴香がこんな時間に家にいるかはわからない。

わからないが、いずれはこうなった。

それが予期せず急にやってきただけのことだ。

ならこの期に及んでまた嘘を重ねる必要なんてない。

もう俺は……晴香も、時雨も、自分自身も、偽りたくないんだから。

やるべきことは一つ。

さらけ出そう。俺の本当の気持ちを。そしてこの中途半端《ちゅうとはんぱ》な関係にケリをつけるんだ。

今ここで……！


「ごめん。俺はずっと晴香に嘘を吐《つ》いていた」

「え――――」

「でも、もうそれも終わりにする。聞いて欲しい。俺は、俺は……っ」

否応《いやおう》なく唇が重くなる。
晴香に対する罪悪感で胸が軋《きし》む。
でも、それでも俺は時雨を選んだんだ。
だから——言わないと。
俺は必死に鉛《なまり》のように重たい唇を動かして、決定的な一言を告げる。
いや、
告げようとした。その時だった。

「あーっ！　やっぱりし～ちゃんだ～♡」
「きゃっ⁉」

突然背後から女の声がしたと思ったら、時雨が悲鳴を上げた。
次から次へといったい何だ⁉
慌てて視線を晴香から真横の時雨に向ける。
と、そこで時雨に抱きついていたのは——目を疑うような人物だった。

「久しぶり～。元気してた？」

「お、お母さん⁉」

「月子《つきこ》、さん⁉」

晴香や時雨によく似た面差しの大人の女性。

佐藤《さとう》月子。

何度かビデオチャットで顔を合わせた、俺の新しい母親がそこに居たのだ。

彼女は時雨から離れると俺の方を見やり、楽し気に目を細める。

「こうして直接会うのは初めてだね〜。博道くん。うんっ。やっぱりナオ君に似て男前だ」

「月子さーん。ダメだってこんな時間に廊下で騒いじゃ。ここ壁が薄いんだから」

しかも新しい母親だけじゃない。

階段の下から、俺の親父《おやじ》までやってきた。

アメリカにいるはずの二人が、よりにもよってこんなタイミングに。

もう、わけがわからない。

一度なんとか平静を取り戻した頭の中がもう一度真っ白になる。

一体何が起きてるんだ、今……。

俺は悪い夢でも見てるのか。

「ハハハ。博道、なんだその顔は。それだけ驚いてくれるとサプライズで帰ってきた甲斐《かい》があるなぁー。まあ事情は家で話すからさっさと進んでくれ。狭いんだから、ここの廊下」

そう言うと両手に荷物を提げた親父が一歩また一歩、階段を上がってくる。

近づいてくる親父の姿に、俺はこれが悪い夢じゃなく、刻一刻無慈悲に経過している現実だと思い知らされた。

と……なると、

「うそ。……もしかして、貴女《あなた》、はるちゃん、なの？」

悪い予感の通り、状況は一層混迷を増した。

月子さんが、晴香の姿に気付いてしまったのだ。

「わぁ！　はるちゃん！　わあわあ！　大きくなったのねー！」

「マ、マ……？　ママまで、なんで、え、ぁう……？」

離れ離れになった子供との予期せぬ再会に目を輝かせる月子さん。

でも、晴香の様子は違った。

晴香の見開かれた目。引き絞られた瞳《ひとみ》が時雨と月子さん、そして俺の間を泳ぐ。

連続して起こった状況の変化、驚きの連続に、晴香は目に見えてパニックになっていた。

当然だ。この場で一番何も知らないのは晴香なんだから。

恋人が自分の双子の妹とこんな時間に一緒に家に帰ってきて、ただでさえ混乱しているだろうところに自分のかつての母親まで現れたわけだ。

その混乱は相当なものだ。

何か声をかけないと。

でも何を――ああだめだ、俺も状況について行けてない。

どうすればいいのかまったくわからねえ……！


「、ぁ――――」

「姉さんッッ⁉」

そう俺がパニックになっていたら、目を泳がせていた晴香の身体がふいに傾いた。

そこからは一瞬だった。

支えを失ったように膝《ひざ》が折れて、晴香の身体が崩れ落ちる。

——やばい。

そう思ったが、支えに駆けつける暇もなかった。

斜めに崩れた晴香は、そのままアパート二階の手摺《てす》りに遠目に見ても危険な勢いで側頭部を打ち付けた。

そしてそのまま受け身もなしに顔面から地面に倒れ込む。


「晴香ッ！」

「はるちゃん!!」

「待って二人とも！　頭を打ってるから動かしちゃ駄目ッ!!」

慌てて駆け寄り、揺すり起こそうとしたところで時雨に怒鳴りつけられた。

そうだった。頭を打った時は動かしたらダメだと聞いたことがある。

「おいおいなんだなんの音だ！　皆なにしてるんだ!?」

「ちょっとさっきから廊下でなんなのー？　今何時だと思ってるのよっ」

音に驚いた親父とお隣さんも顔を出して、場は騒然となる。

でもその混乱の中でも時雨は冷静だった。

「お母さん。詳しい話はあとでするから、救急車を呼んで！」

「え、え……」

「早くっ！　私はお父さんに連絡を入れるから！」

「っ、わかったわ！」


月子さんに指示を出すと自分もスマホを取り出し、一瞬俺に視線を寄越《よこ》す。

……時雨が今言ったお父さんは俺の親父のことじゃない。

時雨と晴香二人の実父のことだ。

つまり、この場にさらに晴香の親父さんまで加わることになる。


当然俺と時雨は状況の説明を求められるだろう。

親父さんに俺たちが内緒にしていたことがバレたら、あの人は俺や時雨に対して一体どういう感情を持つだろうか。

でも、だからって呼ばないわけにはいかない。

それは時雨もわかっているようで、俺が何を言うまでもなく時雨はアドレス帳に登録していた晴香の家に連絡を入れた。

通話はコール一つですぐつながったようで、時雨は事の経緯は省き、取り急ぎ俺の家の前で晴香が足を滑らせ頭を強く打った旨を連絡する。

そして俺たちは動揺と混乱を抱えたまま、気を失った晴香と共に救急病院へ向かうことになったのだった。

×　×　×

救急車に全員は乗りきらないので、俺と親父はタクシーで救急病院へ同行した。

今、俺と親父、そして時雨の三人は深夜の待合室の椅子《いす》に座っている。

不気味なくらい静まり返ったそこに響くのは、時計の針の音と、……親父の唸《うな》り声だ。

「えーつまり整理すると、だ。博道は離婚で生き別れになった時雨ちゃんのお姉さんと、俺が再婚する前から付き合っていたと」

「そうだ」

「でも時雨ちゃんと兄妹になったことが彼女に気まずくてずっと話せずにいて、でも今日家に一緒に帰ってきている現場を見られてしまった。そんな修羅場《しゅらば》にタイミング悪く俺たちが鉢合わせになった、と」

「そういうことだ」

「そしてあまりの衝撃の連続に心がついて行けず、ふらっといってしまったわけか」

「ビックリして気絶したのかは知らねえけど、まあ概《おおむ》ねその通りだ」

「……なるほどねえ」

時雨は救急車の中で月子さんに俺たちの秘密の関係だけを伏せて、現状を話してしまったらしい。

つまりは、俺と晴香が付き合っていたこと。

そしてそこに時雨が妹としてやってきたこと。

恋人関係が拗《こじ》れることを嫌って晴香にそれを打ち明けられずにいたこと。

そのあたりの諸々《もろもろ》をすべて。

となると親父にだけ隠していても仕方ない。

俺と時雨は待合室で親父にも事のあらましをすべて伝えた。

すべてを聞いた親父はしばらく腕を組んでしかめっ面をした後、――半笑いになる。

「え、そんな偶然ある？」


ほんとそれな。

それは俺も何度も思ったことだ。


「時雨ちゃんのお姉さんがこの街にいるってこと自体は俺も話には聞いてたけど、まさかそれが息子の彼女だったとか……、そうはならんだろ」

「なってるからこうなってるんだろ」

「お、おぅ……。しかし、そうか。恋人と瓜二つ《うりふた》の妹ねぇ。時雨ちゃん、コイツに変な事されてない？」

「うーん。してほしいんですけどねー。おにーさんってばヘタレなのでもう全然で」

「ハハハ。時雨ちゃんは面白《おもしろ》いなー」

「つーかんなこと心配するなら初めから俺しかいない家に時雨を寄越してくるんじゃねえよ」


電話やチャットで何度言っても言い足りない文句をぶつけてやる。

親父は弱ったように頭を掻《か》いた。

「それに関しては何度も話しただろー。色々タイミングが悪かったんだよホント」

親父が言うには、本当なら月子さんと籍を入れた後、今年の春先には時雨も含めた三人でこっちに戻ってくるつもりだったらしい。

でも恩師の頼みで急なアメリカ行きが決定した。

月子さんは親父が福岡《ふくおか》の大学教授の紹介で雇った事務員で、なかなか優秀なスタッフらしく、親父の発掘チームのスケジュールや経費の管理、必要物資の発注など、事務仕事を一手に担っていたので引継ぎもなしに離脱するのは難しい。

一方で時雨は時雨でこっちの学校、星雲《せいうん》に転入届を出したタイミングで、どうしたものかと頭を悩ませたそうだ。

最初は星雲に事情を説明し、留学扱いにするという案もあったそうだが、ギリギリになって時雨が頑《かたく》なに反対したらしい。

結果、仕方なしに時雨だけがこっちに一足早く来ることになったのだ。

俺への連絡が急なタイミングになったのもそのせいだとか。

「まあ月子さんがアメリカに行くとなったら時雨ちゃんも付いてきてくれるって勝手に思ってたこっちも悪いけどさ、時雨ちゃんももうちょっと早いタイミングで絶対に留学はしないって言ってくれてたら、二人にここまで不便させることはなかったんだけどなぁ」

「渡航ギリギリになってから強く反対したのはわざとですよ」

「え？」

「時間に余裕があったらあれこれ説得されてめんどくさいでしょう。お母さんとお義父《とう》さんに考える時間を与えない方が主導権を取れると思いまして」

「……ま、またまたぁ。冗談が上手《うま》いなぁ時雨ちゃんは」

「あは♪　そうです。もちろん冗談ですよ」

……いや絶対冗談じゃない。

コイツはそういうことをやるやつだ。

そういえば以前時雨から少し聞いた覚えがある。

晴香に早く再会したかったから、離婚の負い目を突いて月子さんを強引《ごういん》に説き伏せたと。

自分の目的のために利用できるものはなんだって利用するんだ。この猫かぶりの悪魔は。

「まあでも、二人ともいい時間を過ごせているみたいでよかった。博道の奴は中学に上がってから女友達の一人も連れてこなくなったから、もしかしたら気色悪いくらいに時雨ちゃんのことを意識しすぎてまともに距離も詰められないんじゃないかって心配してたからな」

「余計なお世話だ」

「まったくだ。男子三日逢わずんばなんとやらだな。あんな可愛《かわい》い彼女がいたなんて。なかなか隅に置けないなコノヤロー」

心底嬉《うれ》しそうに笑いながら俺の肩を叩《たた》く親父。

やはり父親は子供に彼女が出来ると安心するもんなんだろうか。

……まあその彼女と今大変なことになってるわけだが。

「でもそういう事情があるならなおのこと、いつまでも今のままってのはよくねえな。やっぱり帰ってきて正解だった」

「そういえばなんで急に戻ってきたんだよ。帰ってくるのは来年って話じゃなかったか？」

「予定ではそうだったんだけどな。でも俺を呼んだ教授が現場の事故で怪我《けが》してな。発掘再開まで一、二ヵ月ほどかかりそうだってんで、帰ってきたんだ。ほら丁度お前達も夏休みの時期だろ。皆で新居を探すには丁度いいと思ってな」

「え、じゃああの家引っ越すのか？」

親父はそりゃそうだろう、と言った。

「博道も電話で言ってたがあの家に四人は無理があるからな。しばらくは仕方ないがもうネットで当たりはつけてる。時間はかからんだろう。お前達二人にはこっちの都合で不便をさせたが、それももう終わりだ。次はちゃんと一人部屋を用意してやるからな」

……そうか。

まあ、普通に考えれば、その通りだ。

あんな襖《ふすま》で仕切られただけの部屋に、年ごろの男女二人。それが異常なんだ。

それは俺自身がこの生活が始まる最初に言ったこと。

何しろ俺たちは兄妹とはいえ、ついこの間までは他人だったんだから。

保護者がいて、部屋も別々。それが普通。

そうなるべくしてなる日が来たということだ。

でも俺は……その普通を喜ばしくは思えなかった。

それほどに、時雨があのプライバシーも何もない小さな部屋に来てから共に過ごした毎日が、思い出のどこを切り取ってもすべてキラキラと輝く、楽しい時間だったから。

名残惜しい……。

そんなこと、とても言葉には出せないが。


「博道君」


俺はひっそり落ち込んでいると、ふと親父のものじゃない渋い声に名前を呼ばれた。

ハッと顔をあげると、真っ暗な廊下の奥から月子さんと……時雨が電話で呼んだ晴香の親父さんがこっちに向かって歩いてきていた。

俺は慌てて立ち上がり、頭を下げる。

「こんばんわ。……あの、晴香の様子はどうですか？」

とにもかくにも気になるのはそこだ。

俺は医者と共に晴香に付き添っていた二人に尋ねる。

答えてくれたのは晴香の親父さんのほうだ。

「経過観察で一日ほど入院することになるらしいが、検査の結果は異状なしだ。もう普通に会話も出来るよ」


……よかった。

かなり危険なぶつけ方だったから気が気じゃなかったが、大事にはならずに済んだようだ。

隣に立つ時雨も安心したのか、ほっと胸をなでおろす。

そんな俺たちに、晴香の親父さんはすこし棘《とげ》のある声音で続けた。


「彼女《月子》から事のあらましは聞いたよ。まさか彼女の再婚相手が君のお父さんだったとはね。しかも……時雨と一緒に住んでいたとは」

「黙っていてすみません……。なんて説明したらいいかわからなくって……」

「まあ君の立場を考えれば説明が難しくて言い出せないのはわかる。……ただ、それでもやっぱり晴香に隠し事はしてほしくなかったね」


これに関しては俺が全面的に悪いので頭を下げることしか出来ない。

晴香の気を揉《も》ませないために秘密にしていたなんて、結局は俺の勝手な言い訳だ。

特に、今となっては……。

とはいえ、晴香の親父さんも俺の立場の複雑さにはある程度同情してくれているようで、それ以上俺を責めはしなかった。

「晴香には私と彼女から諸々の事情はもう伝えてある。親の再婚に絡《から》んだ話だ。子供同士だけで話すと変な拗《こじ》れ方をするかもしれないし、当事者である大人から伝えたほうがいいだろう」

「助かります」

「とはいえ、やはり晴香の感情としては君の口から直接説明が欲しいと思う。一見落ち着いているが、たぶん無理をしているだけだ。先生には許可を取っているから、病室に行って君と時雨からも説明してあげてほしい」

「わかりました」

「それと——」

ここで親父さんは一度言葉を区切ると、眉間《みけん》の皺《しわ》を一層深くして言った。

「……私は実は今夜ずっと晴香を探していたんだ。晴香は今日、演劇部の部長経由で知り合ったプロデューサーと食事に行っていたのだが、その席から突然姿を消したと、そう学校経由で連絡があったからね」

「え」

「姉さんが……？」

驚く俺と時雨に親父さんは困ったように頷《うなず》く。

「晴香は謙遜《けんそん》していたけど、本音では演劇の世界に進みたがっていることは私もわかっていた。それを目指して本気で頑張っていたことも知っている。断りもなくそんなことをするとは思えない。……もしかしたらその場で何かあったのかもと問いただしたが、何も話してくれなくてね。でも彼氏の博道君や時雨には話すかもしれない。二人でそれとなく、何があったのか聞いてみてくれないか」

断る理由はなかった。

俺と時雨はわかりましたと頷き、親父さんから晴香の病室の番号を聞いて、暗い病院を進む。

そしてエレベーターに乗って、親たちから完全に離れたところで時雨が疲労を吐き出すように大きくため息をついた。

「は～。……自分の昔の親と今の親が勢ぞろいしてるの、不思議な気分です。なんだかすごいことになってしまいましたね」

「ホントにな。まさかここまで事態が大事《おおごと》になるなんて思ってなかったぜ。嘘《うそ》はつくもんじゃないな」

苦笑しながら三階でエレベーターを降りる。

唯一明かりが点《つ》いているナースステーションの前を通り過ぎ、晴香の部屋を目指す。

その道中、時雨が俺の服の袖《そで》を引いた。

「あのおにーさん」

「どうした？」

「おにーさんが私のこと、好きって言ってくれたのすごく嬉しいです。そしておにーさんの性格だと、私に対してそう言った以上、姉さんとの関係にもけじめをつけるつもり、ですよね」

「…………」

それは、そのとおりだ。

実際親父たちさえ来なければ、あの場所で俺は晴香にすべての真実を打ち明けていただろう。

そのくらい腹を括《くく》っていた。

——ただ、

「でもおにーさん。流石に保護者が勢ぞろいしている今の状況で話を切り出すと、ことと次第によっては親同士の諍《いさか》いにも発展して収拾がつかなくなるかもしれません」

「……ああ、わかってる」

流石に俺《おれ》もそこまで向こう見ずじゃない。

これ以上嘘を吐きたくないのは本音だが、いくら何でもタイミングが悪すぎる。

俺たちの世界の話は俺たちの世界の中で始末をつけるべきだ。

「……もっとも、肝心なのは晴香自身が俺たちの関係がただの兄妹に留《とど》まってるって嘘を信じてくれるかどうか、だが」

「どうしても姉さんの疑念が晴らせないときは、私が切り札を切って説得しますよ」

「なんだそれは」

「いざというときが来ればわかります」

不敵な笑みを見せる時雨《しぐれ》。

……まあ事ここに至って怖気《おじけ》づいても仕方ない。

そうなったときはそうなったときだ。

それに、

「……晴香があんな場所にいた理由も気になる。親父さんの言う通り、晴香は芸能界入りのために頑張ってたのは俺も知ってるから。スッポかすなんて考えられない」

もう深夜にもなろうという時間に、自宅に帰らず、連絡もせず、俺の帰りをじっと家の前で待っていた晴香。

あのときの晴香の頰《ほお》には涙の跡があり、目は赤く充血していた。

泣いてたんだ。晴香は。俺たちと鉢合わせる前から。

間違いなく何かが起こったんだ。件《くだん》のプロデューサーとの食事の席で。

「そのあたりも詳しく話を聞いてみよう」

言って俺たちは立ち止まる。

309号室。そこが晴香の病室だ。

俺は深夜なのであまり音が大きくならないよう気を使いながら病室の戸をノックした。

×　×　×

「どうぞ」


ノックのあと、すぐに返事が返ってきた。

ゆっくり引き戸を開く。

中は小さなテーブルと二脚のパイプ椅子《いす》が置かれた広めの個室で（深夜なので個室にしか入れなかったのだろう）、奥のベッドに病衣姿の晴香が座っていた。

「ごめんね。いきなり何の連絡もせず家に押し掛けた上に、こんな騒ぎを起こしちゃって」

晴香は俺たちをベッドの側《そば》に置かれた二脚のパイプ椅子に座るよう促す。

たぶん、晴香の両親が使っていたものだ。

「いや、謝られるようなことじゃ……」

「そんなことより、頭の怪我《けが》大丈夫なんですか？」

時雨が社交辞令が必要な仲じゃないだろうと苦言するように、言葉を被《かぶ》せて切り出す。

まったくそのとおりだ。

親父さんから大事はないとは聞いたけど、晴香の姿を見るとてもそうは思えなかった。


晴香の頭には包帯が巻かれ、上から白いネットが被せられている。

また表情も暗い。笑顔の形に口元を繕《つくろ》ってはいるが、俺は晴香がそういう笑い方をする人間じゃないことをよく知ってる。晴香はまるで満開になった向日葵《ひまわり》のように、顔中で笑う人間だ。

見舞いに来た俺たちに気を使って繕ってるだけ。

それは病衣と合わさってとても痛々しい姿だった。


「うん。頭の皮膚を結構大きく切っちゃって、そこは縫《ぬ》わなきゃいけなかったけど、中の方に異常は無いって。今も痛み止めのおかげで全然平気」

「そうですか。あまり驚かせないでくださいよ」

「えへへ……」

やはり笑顔に力がない。

だけど……とりあえず大きな怪我はしていないようだ。

そのことは、少し安心した。

だが、そんな安堵《あんど》もつかの間のことだった。


「でも、驚かされたのはお互い様だよ」

「っ——！」

「パパとママから全部聞いたよ。……ママの再婚相手が博道くんのお父さんだったってこと。そして時雨が転校してきてからずっと、二人が一緒に暮らしていたことも」


この話題が真っ先に飛び出してくるのは当然のことだ。

俺は話せる範囲で晴香にこの嘘の釈明をしなければならない。

ただ、何をするよりもまずは、

「……すまん」

ただただ謝るのが筋だろうと思う。

これは俺が最初から晴香に親の再婚と時雨が妹になったことを隠さなければ発生しなかったトラブルなのだから。

そこにどういう思惑があったかの言い訳は、そのあとだ。

「どうしてもっと早く言ってくれなかったの?」

「姉さん。それは――」

「時雨」

俺は時雨を制した。

時雨の方が口は上手《うま》い。そりゃもう圧倒的に。

たぶん上手く晴香のことも丸め込んでくれる気がする。

でも、やっぱりこの役目はそもそもの元凶である俺がやらなければならないことだと思うから。

「全部俺のせいなんだ。俺が晴香に上手く説明して安心させる自信がなかったから、親の再婚のことと、時雨が妹になったこと、言い出せなかったんだ」

「安心……?」

「時雨が来たのって一学期の中間テストの前だろ。俺たちがようやく手を繋《つな》げた頃だったからさ。そんな程度の繋がりしかまだ作れてないのに、晴香の双子の妹と同じ家に住むことになったなんて言ったら、晴香を……不安にさせちゃうんじゃないかって。だって……自分と同じ顔の異性が恋人と一緒に暮らしてるなんて、俺だったらすごく怖いし、気が気じゃないから」

話すことで『話した』と開き直れるのは俺だけ。

こんな話を聞かされた晴香は不安になる。

友衛《ともえ》の忠告を聞きいれたのも、結局は自分に自信がなかっただけだ。

「それが原因でせっかく出来た彼女にフラれるのが嫌だったから、ついつい後回しにしたんだ。晴香ともっと仲良くなって、もっと強い繋がりを作ってから伝えようって自分に言い訳して。だから、ほんと今更なんだけど……今まで隠しててごめんっ」

改めて俺は晴香に頭を下げる。

「おにーさんが事実を意図的に隠して、全部自分が悪いことにしようとしてるのが気に入らないので補足しますけど、この隠蔽《いんぺい》はそもそも姉さんと再会したとき、姉さんがおにーさんと付き合っていることを知って、咄嗟《とっさ》に兄妹関係を隠した私の余計なお世話がそもそもの始まりです。おにーさんだけが隠そうとしたわけじゃないことは言わせてください」

それは違うと言いたくなったが、俺は堪《こら》えた。

今時雨と自分が悪い合戦をするのは本題から逸れる。

晴香に頭を下げている間、時計の針の音がやたら耳に刺さった。

痛いくらいの沈黙というのはこういうことを言うのかもしれない。

今更こんな言い訳を聞かされて、晴香は今どんな表情をしているんだろう。

とはいえ、いつまでもこうしているわけにはいかない。

俺が恐る恐る顔をあげる、と――

「あははっ！　なーんだそんな理由だったんだ。あーよかったぁ……！」

ホッとしたように晴香が相好を崩していた。

それは怒りの形相よりずっと意外で、少し混乱する。

「よ、よかった？」

「うん。だって博道くんと時雨にこんな大事なこと内緒にされてたんだよ。もしかしたらあたし、知らない間に二人に嫌われちゃったのかなって、すっごく怖かったの」


お、おう？

え、そういう解釈になる、のか？

ちらりと時雨の方を横目で窺《うかが》うと、時雨も晴香の反応に驚きを隠せないようだった。

「でも博道くんと時雨は、あたしが嫌いになったから隠してたんじゃなくて、あたしのために隠してくれてたんだね。でもそんなことなら早く話してくれたらよかったのにー。別にあたしは博道くんが時雨と一緒に暮らしてるからって、不安になったりしないよ？」

「そ、そうなのか？」

「もちろん二人が他人同士なのにそういうことしてるなら別だけど、二人は兄妹になったんでしょ？　ちゃんと理由があるんだから変な受け止め方はしないよ。親の再婚なんて、あたし達にはどうしようもないことだもん。

それになによりあたしは二人のことをよく知ってるから。同じ顔だってだけで博道くんが時雨に何かするような軽薄な人じゃないことも。時雨があたしと博道くんの関係を知ってるのに博道くんに変なちょっかいを出す子じゃないことも。時雨は確かに昔からいたずら好きだけど、冗談で済むことと済まないことはちゃんとわかってる子だからね」

むしろあたしとしてはラッキーなのかも。強力な恋のライバルが一人いなくなるってことだもんね。――なんて言って、晴香は朗らかに笑う。

……文句を言われて当然だと思ってた。

納得なんてそう簡単にしてもらえない。二人で内緒で何をやっていたんだと。

でも晴香はそんな猜疑心《さいぎしん》を微塵《みじん》も抱えていなかった。

本当に、本気の本気で心の底から俺たち二人のことを信じきっていたのだ。

まるで小さな子供が親の愛情を疑わないように。

まあ、それは晴香を引き続き騙《だま》さなければいけない俺たちにとっては都合がいいのだが……。

「姉さんの物わかりが良くてこちらとしても説得の手間が省けました。どうしても納得できないと言われたら、姉さんの気が済むまであたしが空手でおにーさんをボコボコに殴って潔白を証明しないといけないところでしたから」

え、切り札ってそれだったの。

「そ、そんなことしなくていいからっ。……もしかして仲悪いの？」

浮気《うわき》を疑われるどころか兄妹仲を心配される俺たち。

これに時雨はからからと笑って冗談だと言った。

「このくらいの冗談が気兼ねなく言える程度には上手くやってますよ」

「そう？　それならよかったけど……。あ、だったら今日は二人してお出かけしてたから家に居なかったたってことなんだね。結構いい時間だったけど、どこに行ってたの？」

「……なにをすっとボケているんですか。姉さん」

これに時雨は呆《あき》れたとばかりに返す。

「姉さんが花火大会でデートする約束をドタキャンしたせいでおにーさんがもう見ていられないくらい落ち込んでいたから、私が代わりに付き合ってあげたんですよ」

「あ……」

「しかも姉さんはおにーさんとのデートを断ってまで選んだ食事会の席から、なんの連絡も入れずに失踪したって話じゃないですか。……一体何があったんですか」

おお、流石の話術だ時雨。

話を自然と俺たちが来たもう一つの目的の方へと逸らした。

だがその途端に少し元気を取り戻していた晴香の表情が、また暗いものに変わる。

……やっぱり、食事会の席でなにかあったんだ。

俺はそれを確信した。

「…………」

「姉さんが私をよく知っているように、私も姉さんのことをよく知っています。姉さんはそんな不義理を働くような人じゃないって。……なにか、よほどのことがあったんでしょう？　話してください」

時雨が重ねて問うと、晴香は躊躇《ためら》いがちながらも重い口を開いてくれた。

「……今日、部長に紹介されたプロデューサーに逢いに行ったらね。高尾《たかお》さんが……いたの」

……高尾？

誰《だれ》だそいつ。いや、なんかどっかで一度だけ聞いたことがあるような気も……。

記憶を漁《あさ》るが、上手く引きずり出せない。

いったい誰なんだと、俺は時雨の方を見やって、息を飲んだ。


「ッッ……！」


いつも表情に威圧的なくらいの余裕を滲《にじ》ませる時雨が、青ざめたまま固まっていたから。

それだけで、高尾という人間がこの姉妹にとって只《ただ》モノではないことは十二分に伝わってきた。


「二人の知り合いか……？」

「……お母さんの、浮気相手だった人です」

「――――」


あまりの衝撃に俺は絶句した。

だって、時雨のお母さんの浮気相手ってことはつまり、この姉妹が生き別れる原因を作った男ということなんだから。

そんな人間が、十年経った今再び晴香の前に現れたという。

外野の俺にも異常事態だということはわかる。

「なんでそんな奴《やつ》が今更晴香のところに……!?」

「――……」

そして、晴香は訥々《とつとつ》と語り出した。

俺たちが花火大会に行っている間、起こった出来事のすべてを。

×　×　×

「嘘だろ……」

晴香から今夜の出来事のあらましを聞かされて、そんな言葉が自然と口をつく。

それほどに、晴香の身に起きた事は常軌を逸していた。

高尾タカシ。

フルネームで聞かされたら、俺も顔を知っている俳優だった。

何歳かとか詳しいことは知らないが、俺たちなんかと比べたらずっと大人であるのは間違いない。

そんないい年した大人が、我が身可愛《かわい》さに、こんな女の子を『脅迫』したってのか⁉


頭が混乱する。

そんな理不尽が、現実に起こり得るのかと。

大人が子供を脅迫なんて、そんなの漫画とかドラマの中のおとぎ話じゃないのか。

少なくとも俺はそう思っていた。

だって、少なくとも俺はこれまでの人生でそこまでの理不尽に晒《さら》されたことはないから。


「おにーさんみたいな人には理解できないかもしれませんね」

「時雨……」

「でも世の中にはいるんですよ。自分の行動で他人がどれだけ傷つくか、考えようともしない人間が」

時雨の声にも憎悪が色濃く滲《にじ》む。

当然だ。この二人にとって高尾タカシは憎んでも憎み足りない相手だろう。

そんな人間が自分達の人生にもう一度図々《ずうずう》しくも姿を現したのだから、なおさらだ。

「確かに、そんな男がいる席には戻れませんね。どうして姉さんがこんなことをしたのか、よくわかりました」

時雨は晴香の行動に納得を示す。

俺も同意だ。

そんな奴と一緒に仲良く食事なんて考えられない。

「ただ、これは姉さんにとっては満更悪いことではないですね」

「「え？」」

俺と晴香は二人同時に間の抜けた声をあげて時雨を見やる。

理解の追いついていない俺たちに、言葉の意味を説明してくれた。

「高尾さんは脅迫なんかしてさも自分が優位に立っているように高圧的に振舞っていますけど、絶対的な事実として弱みを握っているのは姉さんです。

　昔の浮気の事実だけなら、高尾さんもまだ10代だったはずですし若気の至りで済んだかもしれませんが、浮気相手の子供、それも未成年の女子を捕まえて脅迫までしてしまったら、万が一にも世論は味方についてくれません。

　要するに姉さんは高尾タカシという男の生殺与奪《せいさつよだつ》の権を握っているということです。この事実をネタに強請《ゆす》り返せば、姉さんは高尾さんをどうとでも利用できます。芸能界に入るならこの人脈は非常に大きな武器になるでしょう」

「きょ、脅迫に脅迫を返すってことかよっ」


　正直驚く。よくもまあそんな発想が出てくるもんだ。

　でも、……いざ言われてみれば力関係は時雨の言う通りだ。

　どう見ても晴香の方が強い。

　気付いてしまえば高尾の高圧的な態度も、晴香にそれを悟られないように威嚇《いかく》しただけに思える。

「まあ確かにそんなクソ野郎、とことん利用してやっても胸は痛まないな」

「利用するメリットがあるというのもそうですが、それ以上に姉さんの安全を考えるとそうする以外にないかと思います」

「安全……？」

「姉さんを脅迫するということがとても重いリスクであることは高尾さんもよくわかっているはずです。それでも行動に出たということは、今の立場や家族をそれだけ守りたいと考えているということでしょう。

　彼は今非常にナイーブになっていると思われます。そういう相手に唯々諾々《いいだくだく》と従うだけではかえって猜疑心《さいぎしん》を育てかねません。姉さんが心から自分に屈服しているのかどうか、高尾さんはことあるごとに不安に思い、姉さんの服従を確実なものにしようとさらに行動をエスカレートさせる公算大です」


あ……！


「怯《おび》えている相手に主導権を握らせるのは危険です。そういう手合いには対価を支払わせたほうがいい。こっちの利益《りえき》にもなりますし、高尾さんのほうも利害関係が結ばれていることで安心感を得られるからです。

　他人がなりふり構わず守ろうとするモノを損なおうとするのは、善悪関係なく大きなリスクです。人間同士が本気で揉《も》めたら何が起きてもおかしくない。戦争になります。姉さんが高尾さんをそこまで追い詰めたいなら話はかわりますが、姉さんにとって彼は、本気の戦争をするような相手ではないんじゃないですか?」

……なんというか、本当に頼もしい妹だ。

俺は高尾の身勝手な行動に憤り、こんなクソ野郎どうにでもなっちまえと思っていた。

でも時雨は、憤りながらも高尾がその行動に至った経緯にまで思考を巡らせていた。

今回、高尾には何の正義もない。

でも人間関係のトラブルは、どっちが正しいとか間違ってるじゃ片付かない。

どれだけ晴香に正義があったところで、その正義を相手が顧みなければ無意味。身を守る楯《たて》にも矛にもならない。

一度火がつけばもう戦争だ。倫理も道徳も踏み越えた暴力の世界。そして高尾が失うものの大きさを考えれば、行きつくところまで行っても何もおかしくはない。

今晴香に聞かされた話を表に出すということは、高尾タカシという一人の人間相手に、そういう後戻りできない戦争を始めるということ。

それは恐ろしくリスキーで……それでいて得るものが何もないとても不毛な行為だ。

「とはいえこれはあくまで私の意見であって、当事者は姉さんです。彼を利用して今の利益を得るか。すべてを明らかにして昔の仕返しをするか。私は姉さんの判断に従います。姉さんはどうしたいですか？　事を荒立てたくないならお父さんには私が適当に誤魔化《ごまか》しておきますが」

高尾と戦争をするのは不毛。
かといって、高尾に唯々諾々従うのは危険。
時雨の説明はとても分かりやすく、的を射た話だった。
あとは晴香がどう判断するか、だが――

「時雨は……すごいね。あたしはそんなにたくさん考えられなかったよ」

時雨の問いかけに晴香は自嘲するように笑った。

「考えられなかった、じゃないか。今もね……時雨にそうやって話をされても、よくわからないの。自分がどうするべきなのか。高尾さんに捕まったときから……頭の中が真っ白になっちゃったままで」

晴香の声が震える。

声だけじゃない。体もだ。

晴香はそんな震えを堪えるように肩を抱く。

だけど、

「最初は、ね。頑張ろうって、おもったのっ。博道くんとのデートを断ってまでここに来たんだからって。だけど……乱暴に摑《つか》まれた肩が痛くて、迫ってくる顔が怖くて、ついさっき高尾さんがいても気にせずに頑張らなくちゃって奮い立たせた空元気なんか、一瞬でどこかにいっちゃって……。自分があんな風に……お、大人の男の人に、乱暴に扱われるなんて、考えたことがなかったから。

気が付いたら、自分がこれからどうしたいとかそんなこと何にも考えずに、逃げ出しちゃってた。せっかく先輩が目をかけてくれて、プロデューサーさんもっ、すごく優しくしてくれたのに、なのにっ、あの人の側にいることが耐えられなくて……っ。でもね……っ！」

肩を搔《か》き抱いても震えは止まらない。

言葉を紡《つむ》ぐほどに晴香の声は悲しみと恐怖に震え、ついには悲鳴のようになった。

「逃げられないの。あの人の手がまだあたしの肩を摑んでるの……っ」

「っ――！」

言われて、気付く。

強く搔き抱いたせいで乱れた病衣の首元。

鎖骨の下あたりに……痣《あざ》がある。

丁度大人の男の親指くらいの痣だ。

それを見た瞬間、自分の血が沸騰したように熱くなった。

「おねがい……博道くん。たすけて……。たすけてよぉ……」

晴香は縋《すが》るように俺を呼ぶ。

その怯え切った表情を、俺は憶《おぼ》えている。

アパートの前で予期せぬ遭遇をしたときの表情だ。

晴香は無我夢中で高尾から逃げ出してからずっと苛《さいな》まれていたのだろう。

脅迫された恐怖や自分の無責任な行動への憤り。自分ではどうすることも出来ない感情の濁流に。

それに翻弄されながら、ずっと俺を待っていたんだ。


そんな彼女に俺がするべきことはなにか。

彼女が俺に求めていることはなにか。

言われずともわかった。

俺は椅子から立ち上がり、晴香を優しく抱きしめる。

晴香は待ちかねたように自分の手を俺の背中に回してきた。

「っ、もっと、つよくしてっ。肩の痛さがわからなくなるくらい、強く抱きしめて……っ！」

悲鳴に応《こた》えて痛いくらい力を込める。

すると晴香の口から絞り出すような嗚咽が零れ始めた。

「うぁあぁ……っ！　ごめんなさい……っ、ごめん、なさいっ……！」

一度零れ始めると堰《せき》を切ったように堪えていた感情が、涙と共に氾濫《はんらん》する。

「がんばろうと、思ったの！　ううん、今もね、がんばりたいって思う気持ちは、あるの！　ずっとずっとママみたいに、なりたかったからっ。ママがいなくなってからもずっとっ！　だけどっ、あたし、あたしは、もう……っ、あの人と逢いたくない……！　怖いの……！　怖いよぉ……！　ごめんなさいっ！　ごめんなさい……っ！」

謝り続ける晴香。

被害者は晴香なのに、彼女は一体誰に何故《なぜ》謝っているのか。

……なんとなく、俺には理解出来る。

他人を憎むより自分が悪いということにしたほうが楽なんだ。

だから問題が起きたとき、相手を恨むのではなく、自分が弱かったのだと、悪いのは自分なのだと納得しようとする。

俺と、同じだ。

それを悪癖《あくへき》だと時雨は批難した。

なるほど、まったくその通りだと俺は痛感する。

こんな痛々しい姿は見るに堪えない。

「大丈夫だ。大丈夫。もうここにそいつは居ないから。……俺が、守るから」

今の晴香が求める言葉をささやく。

今の晴香に必要なすべてに応える。

そんな俺を、

『このクソ野郎が』


俺の中の俺自身が、罵倒《ばとう》した。

まったく、まったくそのとおりだ。

クソだ。俺は。今の俺は高尾と同じくらいの最低のろくでなしだ。

もし俺が本当に晴香の恋人として晴香を想《おも》っているのなら、こんな冷静ではいられない。

晴香が選ぶまでもなく、俺自身が高尾との戦争を選んでいる。

時雨の理路整然とした状況分析なんて端から聞きやしないに決まってる。

でも今の俺はどうだ。

晴香の身を震わせる悲しみを前に、恐ろしく冷静だ。

晴香に今何が必要か、何をするべきなのか、冷静に理解し行動できるほどに。


もちろん憤りはある。悲しみもある。同情もある。

でも、それらは共感であって共有ではない。

晴香自身の悲しみを、俺は共有出来ていなかった。


そんな自分に、否応なく気付かされる。

俺の心の中にはもう……晴香はいないのだと。

だって、こんな状況だというのに俺は、……時雨の前で晴香を抱きしめたり、キスすることに、負い目さえ感じているのだから。


形ばかりの抱擁。

言葉ばかりの慰め。

一番晴香を傷つけている、この世で一番のクソ野郎は一体誰だ。

……自分自身の醜悪さに、反吐《へど》が出そうだった。

結局、高尾を巡る問題をどうするかの判断は見送りになった。

高尾を受け入れ芸能界に足を踏み入れるか。

すべてをぶちまけて戦争を起こすか。

口をつぐんで芸能界との関わりを絶つか。

芸能界に踏み入れれば高尾の干渉は避けられない以上、大きく分けて三通りしかない。

でもそれを、今の晴香に判断させるのは酷だったから。

だから俺と時雨は、晴香から聞かされた今夜の出来事をひとまず親たちにも内緒にしておくことにして、晴香の判断を待つことにしたのだった。

第三十五話　ちぐはぐ×エモーション

深夜の病室でのやり取りが、俺《おれ》と晴香《はるか》の高2の夏休み最後の思い出になった。

というのも、俺の方が忙しすぎてとてもデートどころではなかったからだ。

別に宿題を溜めすぎて夏休みのケツにまとめて片付けていたわけじゃない。

俺も時雨《しぐれ》もそういうのを溜めこむタイプではない。

忙しかった理由は新しい家族と共に暮らすための新居探しをしていたからだ。


あれからしばらく、あの家に親子四人暮らしをしたわけだが、これがもう狭いのなんの。

四六時中親と顔を突き合わせることになるのでプライバシーも何もあったもんじゃない。

それが嫌なのは子供だけじゃなく大人の方もだろう。

ほら二人は新婚なわけだしな。


そこで俺たち佐藤《さとう》一家は残った夏休みを使って新居探しに奔走したわけだ。

もっとも候補となる家は親父と月子《つきこ》さん――義母《かあ》さんが日本に帰ってくる前にネットであ

る程度目星をつけていたので、俺たち子供は見学について行って感想を言うだけだったが。

そうして決まった新居は、今まで住んでいた平成の時代を素通りしてきたようなボロアパートとは比較にならないほど綺麗《きれい》なマンションだった。

最寄り駅は快速が止まり、近くには大型スーパーがある。たしか自転車で少し移動すれば映画館のあるショッピングモールもあったはずだ。

この一駅か二駅隣に俺の男友達・若林友衛《わかばやしともえ》の彼女であり、以前の海キャンプでドライバーをしてくれた虎子《とらこ》先輩の家があって、中学の頃剛士《たけし》も合わせた四人で映画を見に行ったことがあるから覚えてる。

そしてマンション自体はなんとエントランスはオートロック。エレベーターは二基もある。風呂《ふろ》だってバランス釜じゃない。湯の温度を一℃刻みに設定できる給湯器式ときた。

家も周囲も、一気に文明開化が進んで脳がバグりそうになる。

もちろん家自体の間取りもかなり広くなった。なんとなんと3ＬＤＫ。

あのアパートが1ＤＫだったので、これはもう破格の進化だ。

俺と時雨にも親父が言った通り、6畳の一人部屋があてがわれた。

……と、まあこのようにあの夜以降、佐藤家は大忙しで、家を決めて契約して、親父がレンタルした軽トラに家の荷物を積んで引っ越しが完了した頃には、夏休みが終わって一週間も過ぎてしまっていたのだった。

その間、俺は晴香とろくに話をしていない。

放課後は晴香も部活、俺も家の用事があって一緒に下校することもなかったし、週末もこっちが引っ越しでバタバタしているのを晴香も知っているので、デートしようという流れにもならなかった。

元々学科も違うので、顔を合わせるのは昼休みの短い時間だけ。

とはいえ、その短い時間でも晴香の気持ちが沈んでいるのはよくわかった。

病室の時のように取り乱して泣き出す事はないが、笑顔に元気がないのは変わらず。

……まあ当然と言えば当然だ。

頑張ろうと思っていた矢先に、あんな理不尽な目にあったのだから。

こんな、見るからに無理をしている晴香相手に、さらに追い打ちをかけるような真似《まね》は流石に出来ない。一度……あんな風に抱きしめて励ましてしまった手前、一層言い出しにくくなってしまった。

あの場ではそうする以外になかったとはいえ、やっぱり嘘《うそ》はつくもんじゃないなとつくづく思う。

嘘を隠すためには嘘を重ねるしかない。

そうしてどんどん自分の首を絞めることになるんだから。


でも……結局いつまでも嘘を吐き続けることなんて出来やしない。

どこかのタイミングで別れ話は切り出さないといけないんだ。

俺の気持ちは……もう決まってしまっているんだから。


問題はそのタイミング。これが難しい。難しいが、一つの目安となるリミットはある。

9月最後の土曜日。晴香の誕生日だ。

この日を跨《また》がずに決着をつけるのがベターだろう。


だから俺は、その日までの決着を目指すべく、家のアレコレが片付いたその日、ＬＩＮＥで下校デートの誘いを投げた。別れ話を切り出すタイミングを計るために、今の晴香の状態をより詳しく知りたかったから。

これに晴香は『あたしも今日一緒に帰ろうって誘うつもりだったの！』と応じてくれた。

その快諾に俺は胸が焼けるような罪悪感を覚えながら『じゃあ部活が終わるまでいつも通り図書室で待ってる』と打ち込む。

そして送信ボタンを押そうとした。


そのときだった。


廊下から俺を呼ぶ声がした。

視線を向けると意外な人物が俺を訪ねてきていた。

高い背丈と腰まで伸びた癖《くせ》のある黒髪が特徴的な三年生。

晴香が所属する演劇部の部長さんだ。

×　×　×

「ごめんねーカレシ君。せっかくの昼休みにこんな汚いところに呼び出しちゃってさー」

「そ、そんなことは……」

ないです。と言おうとした言葉がつまる。

昼休みに連れてこられた演劇部の部室。

そこにはお世辞ですら綺麗とは言えない混沌《こんとん》が広がっていたから。

劇で使う大道具や小道具が散らばっているのは当たり前。劇の資料か何かだろうか、漫画や小説といった書籍類は本棚から溢《あふ》れ出して床に散乱し、部室の面積の半分を占領している複数のハンガーラックにはギッチリ衣装が吊《つ》るされ、吊るし切れない衣装は乱雑にハンガーラックの上に積まれて山になっている。


晴香目当てに体育館や校舎裏での練習を見学したことはあったが、部室に入ったのは初めてだったので絶句してしまった。

そういえば晴香がこの間俺の家に来た時言ってたっけ。

部室に比べればどんな部屋も綺麗なほうだって。

確かにこれは納得だ。


「まま、そこのソファーに座ってよ。上に載ってるものは下に落としちゃっていいからさー。コーヒーと紅茶どっちがいい？」

「い、いえお構いなく」

「構わせてよー。私の立つ背がないじゃない。ねえ？」

「ならコーヒーでお願いします」

「ほいほい。今お湯沸かすからちょっと待っててねー」

部長に促されるまま、俺は所々破け黄色いクッション材が飛び出したソファーの上に横たわっていた人体模型や週刊誌を撤去して、そこに座る。クッション材がへたってるんだろう。尻《しり》が深くまでめり込んで座り心地は最悪だった。

……ここにあるもの全部捨てて掃除したくなってくるな。

「演劇って結構道具にお金がかかるからさぁ。一度作ったものは何かに使えるかもって残しておくのが慣例でねー。それが積もり積もってこのありさまというわけさー」

「は、はあ……」

俺の心境を察したのか、部長はそう言った。

なるほど。演劇なんてやったことないから想像するしかないが、衣装にしろ道具にしろ、他の部活に比べて演劇は必要なものが多そうだ。

演目のたびにそれを新規に用意していてはお金も手間もかかって仕方がない。

使えるものは使いまわしたい。その節約志向の行きついた先がコレというわけなんだろう。

まあそれなら仕方がないのか。

と、そんなことを考えていると、――ガチャリと、背後から金属音がした。

なんの音だと振り返ると、部長が入り口の鍵《かぎ》をかけていた。


「部長さん？　なんで鍵かけてるんですか？」

「んー。邪魔者に入ってこられるとちょっと困るからかなー」


邪魔者？

そんな内密な話があるのか？

俺とこの人に、そんな大した接点があった記憶なんてないんだが――と、首を傾《かし》げる俺の目の前で、次の瞬間とんでもないことが起きる。

部長の制服のスカートが、パサりと音を立てて腰から足元に滑り落ちたのだ。


「え？　えええええっ⁉」

な、なんで⁉　スカートが壊れたのか⁉

俺は真っ先に何かのトラブルが起きたのかと思った。でも自分のパンツが丸出しになったことに動じることなく、ネクタイをするりと解く部長の姿に思い違いだと理解した。

スカートが壊れたんじゃない。この人、自分で脱いでるぞ！


「な、なになにしてるんですか部長さん⁉　うわ！　うわあ⁉」

「何って。カレシ君と私が二人っきりになってすることと言ったらア、アレしかないじゃない」


アレ⁉　アレってなんだ⁉　何⁉

二人っきり、男女、も、もしかしてア、アレかッ⁉

いやでも俺と部長ってそんなフラグ立ってたっけ⁉

俺が晴香目当てに見学に来ているうちに俺への恋心に火がついてしまったのか――ってそんな事ねえだろだって俺だぞ⁉

突然すぎる展開に俺は完全にパニックになってしまう。

でも俺がパニクっている間に部長はついに上着まで脱ぎ捨ててしまった。

上下下着だけ。


あれ？　俺なんか前にもこんな場面を見たことがあるような。

一瞬何かがデジャヴするも、下着姿の部長が「カレシ君」と呟《つぶや》きながら物憂《ものう》げな表情で近づいてきたとこで我に返る。

と、とにかく逃げなきゃマズイ！

俺は慌てて立ち上がった。

が、床に散らばっていた雑誌に足を取られさらに深くソファーに沈み込んでしまう。ドジっ子かよ俺は！

そして俺がドジやってる間についに部長は俺の目の前までやってきた。

同年代の女子の下着だけの下半身が目の前に――！

血圧が一気に上がって眩暈《めまい》がする。俺はたまらず目を閉じて、

「ま、待ってください！　お、俺には好きな人が――！」

「本当にすみませんでしたーッ!!!!」

……………は？

「いやホントもうマジでごめんなさい!!　二人のデートの邪魔をするつもりはなかったの！

私基本いつも家か部室に引きこもって原稿してるからあの日が花火大会の日ってことすっかり忘れてて！　しかも良かれと思って連れて行った席であんなことが起きるなんて……！　もう情けないやら申し訳ないやら……！」

食いしばるよう瞑《つむ》った目を開く。

部長は俺の足元で深々と土下座していた。

えっと……花火大会の日のことって、アレか？　俺と晴香のデートのことか？　でも邪魔したってなんだ？　あ、そういえば晴香がデートをドタキャンしたのは部長に打ち合わせに誘われたからって言ってたか。もしかしてこの人はそれに責任を感じて謝っているのか？

「とにかくホントにごめんなさい!!」

どうもそうらしい。

……なぜ服を脱ぐ必要がッ!?

いやでも、そうだ思い出した。この人前にも脱いで謝ってたわ。

晴香を迎えに来た時居合わせた光景を思い出す。癖なのか。そういう宗教なのか。なんて迷惑な。とにかくやめさせないと。

「どうしても許せないなら人払いは済ませてあるから、私のこと煮るなり焼くなりSNSにアップするなり好きにしていいわ！」

「し、しませんよそんなこと！　ていうかやめてください！　部長さんが謝るようなことじゃないですから!!　困りますってこんなの！」

「ふ、そうよねー。半端《はんぱ》な誠意の謝罪って……謝られる側が許さないと狭量の烙印《らくいん》を押されるようで逆に困るわよね。本当に謝りたいという気持ちで心がいっぱいなら、ただ頭を下げるだけで足りるはずがない。カレシ君の言いたいことはよくわかるわ。そう！　やっぱり土下座は全裸よね!!」

「言ってねえよ!?　もうただ脱いで土下座したいだけの特殊な変態だろアンタ！　おい、やめろ！　ブラジャーに手をかけるなホックを外そうとするな零れる零れるってうわあっぁあああああ!?!?」

×　×　×

結局、俺を救ってくれたのはポットの湯が沸く音だった。

水をさされたことで落ち着いた（落ち着いた？）のか、部長は一旦《いったん》服を着て、二つのマグカップにインスタントコーヒーを淹《い》れ、片方を俺に差し出した。

そして俺の向かいにパイプ椅子《いす》を広げて座り、苦笑する。

「いやー謝りたい気持ちがついつい先行しすぎちゃって、謝罪を押し付けようとするなんて見苦しい姿を見せてしまったわ。ごめんねー」

違う。アンタには恥じるべきところがもっと他にあったはずだ。

「でもあの日、高尾《たかお》さんが来ることは知らなかったとはいえ、私が招待したことに変わりはないから、まず謝罪しておかないと気が済まなくってねー」

だからって脱ぐ必要はないだろ。

慌てて目を閉じたが、未だに部長の下着姿が目に焼き付いている。

一個上とはいえ、同世代の女子のあられもない姿。

しかも部長は美人女子高生作家なんて言われてメディアに取り上げられるような人だ。

晴香や時雨とは方向性が違うが、抜群にルックスがいい。しかも高い背丈相応にいろんなところがデカくて、その破壊力はすさまじかった。

そんな女子の土下座姿。俺の性癖がどうにかなってしまうわ。恐ろしい。

……まあホントそのへん色々文句を言いたかったが、正直この話題をあまり続けたくもなかったので、俺は文句をコーヒーで胃の奥に流し込む。そして必要なことだけ言った。

「部長さんは……晴香の夢のために協力してくれただけですから。晴香も……恨んでなんていませんよ。俺だってそうです」

でもそこまで口にしてふと気づく。

さっきの部長の物言い。

それは高尾の存在がトラブルの元凶であることを知っている口ぶりだった。

「もしかして部長さん、晴香からあの夜なにがあったか聞いたんですか?」

「ええー。私には迷惑をかけてしまったからって。全部聞かせてもらったわー。高尾さんとの間に昔何があったのかも含めてねー。……そんなことがあったのなら、あの席に戻ってこれるわけがないわよねぇ」

……なるほど。晴香が説明していたのか。
時雨はあまり広めないほうがいいと言ったが、確かにこの人への説明は必要だろう。
何しろ部長は晴香をプロデューサーに紹介した仲介人。場を立てた人間だ。晴香は……本人に非はないとはいえ彼女の顔に泥を塗ったことになるのだから。

「あの部長さん。このこと、他の人にも話しましたか？」
「言ってないわよー。業界的にもセンシティブな内容だし、なにより晴香ちゃん自身も事を荒立てたくはないみたいだしねぇ」

よかった。変な人だが軽率な人ではないらしい。変な人だが。

「糸井《いとい》さん――ああ、晴香ちゃんに興味を持ってくれたプロデューサーね？　彼のほうは私が上手《うま》くごまかしつつ謝っておいたわ。……まあ流石にエキストラの件はお流れになっちゃったけど」
「ありがとうございます」

お礼を言いながら思う。

事を荒立てたくないというのは実に晴香らしい。

でも……だとしたら彼女はどうするつもりなんだろう。

芸能界に関わる限り、高尾からの干渉が避けられない。うまく付き合っていく必要があるわけだが……そのあたりの話を晴香は最近あまりしたがらない。

「部長さん。……その、晴香の部活での様子って、どうですか？　実は最近俺の方が引っ越しでバタバタしてて、昼休みくらいしか逢う時間がとれてなくって」

「――――」

尋ねると部長は渋い顔でコーヒーを飲む。

そしてその表情のまま少し黙り込んだ後――言った。

「そうねぇ。カレシ君には心配させちゃうかもしれないけど、隠しても意味のないことだし、なにより今日カレシ君を呼び出した用件にも絡《から》むことだものねぇ。……実は今朝《けさ》ね、晴香ちゃんがこれを渡してきたの」

そう言って部長が俺に渡してきたもの。

それは三つ折りにされた一枚のプリントで――

「た、退部、届……!?」

「あの子……、前に話したけど演技が下手なのね。だけどいい意味で下手だった。本人の気合とか入れ込み、情熱が嫌みなく表に現れるタイプなの。

ほら、小さな子供のお遊戯会って、不思議と微笑《ほほえ》ましく見えるでしょう。晴香ちゃんはね、あそこまで子供じゃないけど、そういうあどけなさがあって、とても人を引き付けるお芝居が出来る子だったの。ある種の天才ね。邪道ではあるけど面白《おもしろ》い個性だと私は思ったわ」

そういえば前逢ったとき、味のある大根と部長は晴香を評価していた。

「でもだからこそ負の感情も表に出してしまう。演技で隠せない。だからあの一件以来……晴香ちゃんの演技は大きく崩れてしまったわ。大事な席から逃げ出して、大きな目標を失って、演技に気持ちが乗らず、つたない技術だけが上滑りしているような有様でね。とても主演の看板を背負える状態じゃなかった。だから昨日私は主演交代を言い渡したの。そしたら今日、これを持ってきたわけ」

経緯はわかった。

そうなっても仕方ない理由が晴香にはある。

だけど、それは部長も知ってるはずだ。なのにこの人はこれを受け取ったのか。引き留めもせずに。

「あの……、さっき恨んでないって言った手前こんなこと言うのもズルいですけど、今回のことは部長にだって責任の一端はあるわけじゃないですか。なのに……役を下ろしたり、こんなのを受け取るなんて、少しひどくないですか？」

「演劇は主演だけのものじゃないわ。関わるすべての人間の合作よ。演劇部の部長である以上、晴香ちゃん一人のために劇を台無しにすることは、私には出来ない」

「ッ……」

それは、そうなんだろうけど……。

「最近のあの子は三年を差し置いて主演を貰《もら》った義務感だけで演技をしようとしていた。気持ちが乗っていないのに、無理やり自分を奮い立たせて。痛々しくて見ていられなかったわ」

「晴香は元々プロを目指してたわけじゃない……。たまたまそういうチャンスがあったから頑張っただけで、演劇は好きでやってたはず。だったら義務感だけなんてことは……」

「一度目標を持ってそこに向かって飛び出した以上、目標が無くなってああ残念だった。まあでも元々プロなんて目指してないし、とすぐに気持ちを切り替えて地に足をつけられるほど、人の心は単純じゃないわ。あの子が真剣に取り組んでいたことを知っているカレシ君にはわかるでしょう?」

「……――――」

「部にいる以上、部のスケジュールには従ってもらわないと迷惑だし、クオリティも維持してもらわないと困る。私も厳しく従わせるしかない。晴香ちゃんはそれがわかってるから退部届を出したのよ。

私はこの晴香ちゃんの判断は正しいと思ってる。今のあの子には、演劇と離れた場所で立ち止まって、自分にとって何が大切なのか考える時間が必要だと思うから」

でも……、とそこで部長は言葉を区切って、俺を見た。真っすぐに。

「私は演劇を通してでしか晴香ちゃんの力にはなれない。今あの子を支えてあげられるのは、カレシ君。貴方《あなた》だけよ」

長いまつげの下。とても真剣で真摯な黒い瞳《ひとみ》が俺に訴えかけてくる。

「今日カレシ君を呼んだ本題はそのお願いをしたかったからなの。

晴香ちゃんは今日まで本当に頑張っていたわ。生活の殆《ほとん》どを演劇につぎ込んでいた。

それが急に無くなって、ぽっかりと生活に穴が開けば、何も無い時間が晴香ちゃんを苛《さいな》む。

逃げ出してしまった夢への未練。周囲の期待に応《こた》えられなかった不甲斐《ふがい》なさ。いろんなものがその穴から入り込んでくる。

その穴を塞《ふさ》いであげられるのは貴方だけなの。だから、晴香ちゃんを支えてあげて。あの子がもう一度、義務感や未練じゃなく、情熱で演劇を選べるようになるまで。……その時は、私も協力を惜しまないから」

向けられる真剣な瞳。晴香を思いやる言葉。

そこに込められている想《おも》いは一つ。――愛情だ。

俺は、先ほどこの人に文句を言ったことがとてつもなく恥ずかしくなった。

この人はいい人だ。心から晴香の力になりたいと思っている。

そんな真っすぐな愛情に俺は――

「そんなのは頼まれるまでもありませんよ……」

頷《うなず》くふりをして、目を逸らした。

×　×　×

「はぁ……」

下校時間。下駄箱《げた》を目指しながら歩く俺の足取りは重い。

まさか晴香が……演劇部を退部してしまうなんて。

正直信じられないことだった。かなりショックが大きい。だって晴香が演劇に対してどれだけ情熱を傾けていたかを、俺は本当に、本当に痛いくらい知っていたから。

今回の高尾の一件で確かにひどい目にはあったが、晴香は初めからプロを目指していたわけじゃないのだから、芸能界を諦《あきら》めて高尾から離れるか、あるいは高尾と全面戦争をするか、どちらの判断をするにしても演劇は続けるものだと思っていた。

「………」

こうなってくると、晴香の誕生日までに別れ話を切り出す、というのは難しくなってしまった気がする。

あれだけの情熱を捧《ささ》げていた演劇を失ったんだ。

その大きな傷を癒《いや》すのに半月は短すぎる気がする。

晴香の傷はまだ血を流してる。

そんな傷をさらに大きく引き裂くなんてこと、出来ない。

確かに俺にとって晴香はもう恋しい女の子ではなくなったが、だからといって無意味に傷つけたいほど嫌いになったわけじゃないんだから。

追い打ちをかけるようなことはしたくない。

せめて晴香が元気を取り戻してから切り出したい。

「上手く行かねえもんだなぁ……」

自分の中で一番大切なのが誰《だれ》なのか。俺は確かに答えを出した。その答えはもう揺るがない。

自信を持ってそう言える。

でも、状況がそれを公言することを許してくれない。

高尾の一件さえなければ、こんな居心地の悪い思いをすることもなかったのに。
自分の中から消えてしまった愛情が、さもまだあるように振舞う。
本当に醜悪だ。今の俺は。
直視できなかった部長さんの目を見てつくづく思った。
胸が痛い。苦しい。自分の醜さに嫌悪感が際限なく大きくなっていく。

だけど――こんな苦しみは、晴香の苦しみに比べたらどれほどのものかと思う。
だって晴香は演劇を失った上、恋人まで失うことになるんだから。しかも俺が好きになったのは……晴香が心から信頼している双子の妹。
晴香はどれだけ苦しむことだろう。
そんな――俺がいつか彼女に与えなければいけない苦しみに比べたら、この程度の居心地の悪さに文句なんて言えない。

俺は自分が楽をするために散々晴香に嘘を吐いてきた。だったら晴香のためにもう少しの間嘘を吐き続けるくらいは、俺がやるべき最低限の配慮だろう。
時雨は……きっとわかってくれる。

そんなことを考えながら歩いているうちに、俺は下駄箱《げたばこ》までたどり着く。

下校する生徒たちの流れから離れた場所、大きな柱に背を預けて晴香は俺を待っていた。

俺の姿を見つけると晴香は笑顔になって、子犬みたいに駆け寄ってくる。

「博道《ひろみち》くんっ！」

「ごめんな。待たせたか」

「えへへ。いいよ。これまではずっと、あたしが待ってもらってたんだもの」

確かにそうだ。

晴香が俺を待っているというシチュエーションは……何気に告白された時以来はじめてのことかもしれない。

周りに生徒がこんなにたくさんいる中で下校することも、珍しい。

晴香はテスト期間以外、いつも部活で帰りが遅かったから。

でも今日は晴香の方が早かった。それは彼女が部活をやめたからだ。だから自然と、その一件が最初の話題になった。

「昼休み、部長さんから聞いた。演劇部やめたんだって？」

「……うん」

「やっぱり、高尾のせいか？」


校門を目指して歩く道中、尋ねてみる。

晴香は頷くような素振りを見せた後、すぐに小さく首を横に振った。

「確かにあれ以来、ずっと部活に身が入らなくなってたのは本当。だけど……部活を辞めたのは高尾さんのせいじゃない、かな。……あたしね、文化祭の主演、クビになっちゃったんだ。今のあたしに主演は任せられないって、……そう部長に言われて、あたしホッとしたの」

「……」

「主演に選ばれた時はあんなに嬉《うれ》しくて、頑張ろうって思ったのに。……それでよくわかった。こんな状態のあたしが部に居ても、皆のお荷物にしかなれないって」

「別に部長さんは……晴香のことをお荷物なんて思ってないと思うぞ。心配してた。退部届を受け取ったのも、今は演劇から一度離れて、自分にとって何が大切か、何をしたいのかを考えた方が晴香のためだからって」

「うん。わかってる」

「晴香がまた演劇をやりたくなったらいつでも力になるとも言ってたぞ」

「うん。……でも、もういいの」

「もういい？」

「あたしにとって何が大切なのか。それはよくわかったから」

「晴香？」


突然隣を歩く晴香が立ち止まる。

どうしたのだろう。

俺も立ち止まって振り返る。

すると、突然ブレザーの襟《えり》を摑《つか》まれて――引き寄せられるやそのままキスされた。


「っっ～⁉」


驚きのあまり頭が真っ白になる。

だって……晴香のほうからキスをされたことなんて……たぶん、初めてのことだったから。

しかもこんな、周りに人がたくさんいるような場所で。

実際、周りの生徒たちからはざわめきが起こっている。

それでも晴香は俺の唇を離そうとしない。

俺の驚きはもうパニックに近かった。

いったいどうしたんだ。晴香はそんなキャラじゃない。

俺が混乱のあまり固まることしばらく。晴香は唇を離して、言った。

「あの日、時雨からこれからどうしたいのか聞かれた時、あたし答えられなかった。でも落ち着いて考えてみたら、答えなんて決まっていたんだ。だって……あの人に捕まったとき、真っ白になった頭の中に思い浮かんだのは……博道くんのことだけだったんだから」

吐息さえかかる距離から晴香は俺を見上げる。

「博道くんに抱きしめられて、慰めてもらって、嘘みたいに肩の痛さや怖さが消えて……思ったの。ここはあたしにとって世界で一番優しい場所で、この人はあたしにとって他の何よりも大切な人だって」

そしてそっと、俺の胸に身を預けるようもたれ掛かる。

「ありがとう博道くん。あたしのこと、いつも理解してくれて、ずっとずっと大切にしてくれて。これからはもう部活もないから、いっぱい遊ぼう。他にも文化祭や修学旅行、二学期は楽しいイベントはたくさんあるよね。あと、あたしの入院で流れちゃったデズニーランドとかも。いっぱい二人の思い出を作ろっ」

そう言うと晴香は俺の背中に手を回してきた。
周囲からは道の真ん中で人目もはばからず抱き合う俺たちをからかう声がする。
でも晴香は俺の背中に回した手を解《ほど》こうとはしない。
少し前の晴香からは考えられない行動だ。
今自分で言った通り、演劇を失うことで晴香の中に大きな変化があったようだ。
それが俺には……とても腹立たしく思えた。

「――――――」

だって、そうだろう？
なんで今なんだよ。
い、い、今更になって、こんなこと言うんだよ。

俺がそう言って欲しかったのは、今じゃない。

こうして抱きしめてキスしてほしかったのは、今じゃない。

あの花火大会の日だ。いやより正確に言えば、あの花火大会の夜、決定的な言葉を時雨に告げるまでのすべての瞬間だ。


あんなに愛《いと》おしかった晴香の、あんなに欲しかった愛を囁《ささや》く言葉に、憤りさえ感じる。

こんなのあんまりだ。都合が良すぎる。

自分の心を慰めるために俺を利用しているだけじゃないか。

聞こえのいい理屈を並べて、自分がしんどい時に俺にもたれかかろうとしているんだ。

俺が辛《つら》かった時は突き放したくせに……！

憤りが……感情が言葉になってせり上がってくる。


「……ああ、そうだな。楽しみだ……」


でも理性がそれを堪えさせた。

晴香は……今傷ついて弱っているんだ。

そして俺はそんな晴香をこれからさらに傷つけるんだ。

こんなことに憤る資格がどこにある。
抑え込む。偽りの笑顔で本当の貌《かお》を覆《おお》い隠す。
そんな俺のヘタクソな作り笑いを見た晴香は、どういう解釈をしたのだろう。
彼女は――嬉しそうに微笑んだ。
それに俺は、途方もない隔《へだ》たりを感じるのだった。

第三十六話　ひみつの×ミッドナイト

３ＬＤＫに進化した我が佐藤《さとう》家は、単純にデカくなっただけじゃない。

日に焼けささくれ立った畳はピカピカのフローリングになり、壁もむき出しの砂壁から真っ白な壁紙が貼《は》られた観葉植物の緑が良く映える今風のものに変わった。


そして居間や台所も比較にならないくらいデカくなった。

これはもう【居間】じゃねえな。だって居間って言ったらちゃぶ台や座布団だろ？　こんな場所にちゃぶ台は似合わない。この部屋にあるべきはソファーやテーブルだ。

【リビング】。そう『Living』というべきだろう。


台所も前みたいな薄汚れた六畳間の端っこに取ってつけたような台所じゃない。当然キッチンから直で風呂場に繋《つな》がってるような雑な作りもしていない。

お洒落《しゃれ》なカウンターキッチン。しかもオール電化だ。

そんなお洒落なキッチンで時雨《しぐれ》と月子《つきこ》さんが並んで晩御飯の用意をしている。

「えいっ！　……あ、破れちゃった」

「あーあ、もうだから私に任せてって言ったのに〜」

「うー、私もしーちゃんみたいにカッコよく『くるんっ』ってやって、お父さんに綺麗なオムライスを作ってあげたかったのぉ」

「……じゃあこの破れた奴《やつ》は私が貰いますから、もう一回やってみてください。さっきみたいにおっかなびっくりじゃなく、思いきりをもってフライパンを動かすんですよ」

　そして家長である親父は、俺と一緒にダイニングのテーブルについて、覚束《おぼつか》ない手つきでも料理を頑張る月子さんを見つめていた。……なんともだらしのない顔でだ。

「ＩＱの低い顔してんぞ佐藤助教《じょきょう》さんよ」

「いやぁ、やっぱエプロン姿の嫁さんっていいもんだなぁってさぁ」

「……のろけてんなぁ」

　まあ……わからんでもないけど。

　俺もあの家に住んでいたとき、毎朝台所に立つ時雨の後ろ姿に何とも言えない幸せを感じたものだから。

「……どうだ。母さんとは上手くやれそうか」


ふと、親父が月子さんから俺の方へ向き直って尋ねてくる。

そういえば最近、二人は互いを『お父さん』『母さん』と呼び合っている。

確か帰ってきたばかりの頃は、『ナオくん』『月子さん』だったはずだ。

この親父なりに、家族という形に収まれるよう色々気を使ってくれているんだろう。

俺は問いかけに素直に頷いた。


「ああ。綺麗だし、優しいし。意地の悪い時雨のあとだから全然問題なし」

「あー、なんかすっごい不愉快な言葉が聞こえてたせいで手元がくるってケチャップじゃなくデスソースをかけちゃいました。これはおにーさんに処分させましょう」

「まじかよ」

「ハハハッ！　今のはお前が悪いぞ博道《ひろみち》。俺は手伝わんからな！」


親父は嬉しそうに笑う。

月子さん……義母《かあ》さんもクスクスと笑っている。

そんな二人を見ると俺も嬉しくなる。

ぶっちゃけ、俺としては親父さえ幸せならどんな人でもいいんだけどな。

俺を生んでくれた母さんのことは今でも好きだけど、母さんは一人じゃなきゃ嫌だなんて駄々《だだ》をこねるほど子供でもないから。


「あ、そうだ。ヒロ君ヒロ君」

「はい。なんですか」

「もうすぐはるちゃんの誕生日なのは知ってる？」

義母さんの言うはるちゃんとは、たぶん晴香《はるか》のことだろう。

たしかあの夜もそう呼んでいた気がする。

「ええもちろん知ってます。プレゼントももう用意してます」

「流石カレシ君。抜かりなしね。……で、もちろんその日はしーちゃんの誕生日でもあるんだけど、もしヒロ君とはるちゃんが良ければ、なんだけどね？　ここで一緒にお誕生パーティーしない？」

「それは、義母さんや親父も一緒にってこと？」

「いや残念だけど俺は参加出来ない。その日は教授の講義の手伝いがある。終わったら絶対飲みにって流れになるから、帰るのは深夜だ」

「えー。お義父《とう》さん、私の誕生日お祝いしてくれないんですかー？」


親父の言葉に時雨がぶーたれた声をあげる。

親父はそんな時雨に平謝りした。


「何かと世話になってる人だからどうしても外せないんだ。誕生日プレゼントはうんと奮発するから勘弁してくれっ。な？」

「はぁ。仕方ないですね」

「ありがとう」

「期待してますヴィトゥン」

「ちょーっと、いやだいぶ期待が重いなぁ！　目の前のくたびれたオッサンを見てもう少し身の丈に合った期待をしてくれると嬉しいなぁ！」


お前ヴィトゥンなんて使わねえだろと内心ツッコむ。

それはさておき、この家で誕生パーティーか。

正直……色々あって期を逃して晴香に本当の事が言えていない手前、晴香と二人きりで誕生日を祝うのは割としんどい。

この提案、俺にとっては渡りに船だった。

「俺は全然いいです。晴香にも聞いてみますね」

「うん。おねがいー。あ、それとヒロ君」

「はい？」

「そのデスマス口調、なるべくやめる努力してね？」

あー……しまった。つい。

これ似たようなこと昔時雨にも言われた気がするな。


「ごめ……いや、わかったよ。義母さん」


そう謝ると義母さんは嬉しそうに頷いて料理に戻る。

快適な家があって、優しくて綺麗な母親がいて、ついでに親父も帰ってきて、賑《にぎ》やかで、温かくて、俺たち新生・佐藤家の生活は順調そのものだった。
何も注文を付けるところはない。
きっとこの日常が続けば、遠からず俺たちは本物の家族になることが出来るだろう。
そんな確信がある。それはきっと素晴らしいことなんだ。
ああ、だけど——

「……はぁ」

夜更け。俺は自室のベッドで一人ため息を吐く。
新生活は快適で良好だ。
この一人部屋もそう。
鍵はついていないとはいえ、ちゃんと扉で区切られた自分だけの空間。
高校生にはこれ以上ないくらい嬉しい贈り物だ。
でも、俺はこの何不自由ない新生活に……馴染《なじ》めずにいた。

……寂《さび》しいんだ。
親父たちが帰ってきてから、時雨と二人きりの時間がほとんどなくなった。そしてこの家に引っ越してきてからは……互いに一人部屋があてがわれて、距離まで遠くなってしまった。

朝、時雨が作る朝ごはんの匂《にお》いで目が覚めて、キッチンに立つ時雨の後ろ姿を見る。

夜は二人一緒に勉強したり、ゲームしたりして、暑くて寝つけない夜は襖《ふすま》越しにどちらかが寝落ちするまでだらだら話をする。

時雨と二人で過ごしたこの数か月は、俺にとってかけがえのない時間になっていた。

でも、それはもう戻ってこない。

それが寂しくて……とても悲しい。


……時雨は、平気なんだろうか。

俺と同じように、もう戻ってこないあの生活を惜しんだりしてないんだろうか。

もし今から……時雨の部屋に行ったら……喜んでくれるんだろうか。

……きっと、時雨は俺のことをからかうだろうな。

もー、おにーさんったら、男の子のくせに寂しがり屋さんなんですからー。とか。

あの意地の悪い笑みを浮かべる姿が容易に目に浮かぶ。

……ああそういえば、あの意地悪な顔も最近見てないな。


「はぁぁ…………」

……最近、夜に起きているとこんなことばかり考えている。

もう寝よう。寝てしまおう。明日も学校なんだから。

俺は悩みから目を背《そむ》けるよう寝返りを打った。

そんな時だ。

こん、こん、と。

一人の夜の静寂に、控えめに扉を叩《たた》く音が響いた。


「――――!」

「おにーさん。おにーさん。起きてますか?」


ドア越しの声は、逢いたい逢いたいと思っていた時雨だった。


「ま、まだ寝てない……」

「少しおじゃましてもいいですか?」

「あ、ああ、かまわない、けど?」

×
×
×

失礼します。そう言って俺の部屋に入ってきた時雨は、入り口のスイッチで部屋の電気をつけると、ベッドの上で半身を起こす俺に歩み寄ってきて、ちょこんとベッドの縁に座った。

俺もそのまま寝ているわけにもいかないので、時雨の隣に腰掛ける。

……ふわりと、懐かしい甘い匂いが漂ってくる。

少し前まで毎日当たり前のように香ってきた時雨の髪の香りだ。

思わず頬《ほお》が緩む。


……って、浮ついてるんじゃないぞ博道。

今は深夜の二時だ。用もないのに部屋に来るような時間じゃない。

とくに時雨は朝早く起きる分、夜も早く寝るタイプだから。

何か今済ませないといけない急ぎの用事があるんだろう。

俺の方に覚えはないが……。


ともかく俺は時雨が用件を切り出すのを待った。

待ったのだが……部屋に尋ねてきて数分が過ぎても、時雨は何も語らない。

俯《うつむ》いて黙りこくったままだ。

そんなに言いにくい用事なのか？

まあ……俺としては時雨とこのまま一緒にいられるだけで幸せだから、何時間でも待てるけど。

ただそれだと確実に明日に差し障る。


「どうしたんだよ。こんな時間に来たからには、何か急ぎの用事があるんだろ？」


切り出しにくいならと俺から促してみる。

すると時雨はやっと動きを見せた。

俯いた顔を少しだけあげて、『じろり』と睨《にら》んできたのだ。


「……用がないと、来ちゃだめですか？」

「べ、別にそういうわけじゃないけど……」


な、なんだ。なんだか機嫌が悪いぞ。

俺が何か怒らせるようなことをしたのか？　身に覚えがないが……。

「あえていうなら……おにーさんが来てくれないから、ですかね」

「え」

「……さみしいって言ってるんです……」

「っ――――」

「確かにこの家はあの家と比べ物にならないくらい綺麗で快適ですけど……、あんなに一緒にいたおにーさんとの距離が開いてしまって。寂しいんです。特に最近はずっとお母さん達がいるから二人っきりにもなれないし。おにーさんは何とも思わないんですか？」


ぷるんと、リップを塗っていなくても艶《つや》やかな唇を尖《とが》らせ、時雨は不貞腐《ふてくさ》れたように言う。

短いが、濃密な時間を過ごした仲だ。時雨のことはよくわかってる。

時雨は俺をからかうとき色んな言葉で翻弄してくるが、感情を偽ることはない。

時雨が怒っているときは本当に怒っているときだ。

つまり時雨も……俺と一緒の気持ちだったんだ。


「……いや、俺も……俺も寂しかった」

「むー。だったら私の部屋に遊びに来てくださいよぉ」

「いや、それは……恥ずかしいつーか。親父たちに見られたら言い訳に困るっつーか」

「今まで二人で暮らしてたんですから今更でしょうに」

「そうなんだけど、個人個人の部屋が出来たってなったらやっぱ違うじゃん」


妹なんて時雨が初めてだからよくわかんねーけど、たぶん俺たちの年頃の兄妹は互いにそんなに干渉しあわない、と思う。イメージだけど。

二人で夜一緒の部屋で過ごすなんてこともそうないんじゃないか？

俺がそう弁解すると、時雨はボソボソと恨めしそうに呟く。


「……って、言ったのに」

「え？　なんだって？」

「家に帰ったら覚悟しとけって言ったのに。私のこと好きだって、質でも量でも伝えてくれるって言ったくせに」

「うっ」


……それは、言ったたな。

確かに言った。そのあと晴香の騒ぎがあって忘れてたけど。

「おにーさんのうそつき」

時雨は恨めしそうに俺を横目で睨みながら、ぷくぅっと頬を膨らませる。

私怒ってます。早く慰めて。そういう露骨なアピールだ。

そんなこと言ってもあれからしばらくあの狭い家で四人暮らししてて、引っ越しでバタバタもして、色々タイミングが悪かったんだからしょうがないだろうがよぉ、そんなことお前だってわかってんだろ、と、まあ色々言い返しようはあるんだが……、

「……ごめん」

俺は謝ってしまう。謝りたいと思わされてしまう。

まさに惚《ほ》れた弱みというやつだった。

そんな俺の謝罪に時雨はすこし気を良くしたのは、膨らませた頬を引っ込めると、俺の手にそっと自分の手を重ねてきた。そして甘えるように言う。

「じゃあバレないように、小さな声でおしゃべりしましょうよ」

夜更かしすると朝が辛《つら》いとかもう知ったことじゃなかった。

× × ×

こうして時雨と二人きりで話をするのは久しぶりだったから、話題には困らなかった。
新居のこと。ご近所さんのこと。お互いの両親に対する愚痴やらなんやら。
他愛《たあい》もないことでも、時雨とならいくらでも話していられる。
やがて話題は今日学校で起きた事に移った。
その話題になって俺ははじめて、時雨に晴香が部活を辞めたことを伝えた。
晴香本人からは聞いていなかったらしく、時雨は驚いていた。

「……姉さん、演劇部やめちゃったんですか。それはやっぱり、高尾さんとのことがあったからですか?」
「ああ。それで演技に身が入らなくなって部長さんから文化祭の主演を降ろされたらしい。でも降ろされたこと、むしろほっとしたらしくてな。そんな気の抜けた自分が部にいるのは良くないって……そう言ってた」

「……姉さんも生真面目《きまじめ》ですね。なにもやめることはないでしょうに。……あれだけ必死に打ち込んでたものをいきなりやめたら……喪失感も大きそうですね」

「同じこと昼間に部長さんも言ってたよ。今晴香は弱ってるから一人で自分を追い詰めないように優しくしてやってくれとも」

「…………」

「実際、晴香少しおかしかった。変に積極的になってて……周りに人が大勢いるのに自分からキスまでしてきて、すげえ変だったんだ」


たぶん、今の晴香は何かに寄りかからないと立っていられないんだろう。

心がいっぱいいっぱいになると、一人でいることが耐えられなくなる。

俺も……そういうときがあったからわかる。

俺がそうだった時に胸を貸してくれたのは、晴香じゃなくて時雨だったが……。


「おにーさんが姉さんに話し辛いなら、別に言わなくても良いんですよ？　私は恋人とか、彼女とか、そういう部分にこだわりはありませんから。おにーさんが私を好きでいてくれることだけが、私にとって大切なことなんですから」

俺から晴香の様子を聞いた時雨はそう言ってくる。

約束なんて必要ない。今この瞬間伝えてくれれば、それだけでいい。

時雨の口から何度か聞いた時雨自身の恋愛観だ。

だけど、

「そんな器用なこと俺に出来るわけがないだろ」


俺は小心者の臆病者だ。ここ最近、自分でも嫌ってくらい思い知ってる。

誠実であり続けるだけの強さもないが、かといって悪人になることを割り切れる思いきりもないんだ。

そんな俺に『二股』なんて無理だ。

ボロを出すとか出さないとかじゃない。俺の小心が罪悪感に耐えられないんだ。ストレスで死んでしまう。

今、親の帰宅やら高尾やら退部やらと、色々想定外のトラブルで晴香に切り出せないでいるこの状況ですらしんどいっていうのに。

「少し時間はかかりそうだけど、ちゃんと晴香には話すよ。晴香が……もう少し、俺に知ってる晴香に戻ってくれたら、そのときにちゃんと」

それはマストだ。何があっても揺るがない。

だって俺の気持ちはもう時雨だけに向いているから。

あれだけ欲しかった晴香からのキスを貰っても、少しも揺るがないくらい、俺の中で確かなものになっているから。

だから……この関係は近いうちに、終止符を打たないといけない。誰に憚《はばか》ることなく時雨を好きでいるために。

俺がそういうと時雨はわかりました、と言って、俺の肩に『こてん』と頭を預けてきた。

「ふふふ。おにーさんは私のことが大好きなんですねぇ。あんなに手こずらせたくせに、ずいぶんと素直で可愛《かわい》くなっちゃって。うりうり～」

時雨は満足げな顔で自分の頭を俺の頬に擦《こす》りつけてくる。

細い髪が頬を撫でて擽《くすぐ》ったい。

「ねえおにーさん。私のこと、好き?」

「……この流れでそれ聞く必要あるか?」

「言ってほしいんですぅ」

「……好きだよ」

この点に関して、もう誤魔化《ごまか》したり強がったりする気はないので正直に答える。
すると時雨は――さらに問いを重ねてきた。

「どういうところが好き?」

「ど、どういうところって……」

「私は以前おにーさんのどこが好きなのか、いっぱい言った気がしますけど、そういえばおにーさんからは具体的に聞かされてないなぁって思って。――ねえ。教えて?」

「いやそんな、いきなり言葉にしろって言われても……」


そんなキラキラした目で期待されても正直困る。

確かにずいぶん前に時雨から歯の浮くような告白責めを受けたことは覚えてるが、口下手な俺にはあんなにスラスラと時雨のどこが好きなのか言語化出来ない。

「ふぅん。ボキャ貧のおにーさんには難易度高いですよね。じゃあ言葉にしなくていいです」

「お気遣いどうも」

「言葉にする代わりに私の好きなところ、撫でてください」

「――――は？」


え？　撫でるって……ええっ⁉


「い、いやそっちのがハズいわっ。やらねえよっ」

「……今日姉さんとはキスしたくせに？」

「はうっ⁉」


冷や汗がどっと噴き出す。

し、しまった。馬鹿《ばか》正直に余計な話までしてしまった。


「じぃ～～～」

また私怒ってますアピールだ。

こいつは自分の可愛さも、俺がコイツのことをどれだけ好きかもわかってるからこういうことをするんだ。わかってるんだよ。これが時雨の手口だってのは。

……わかってるんだけどなぁ！


「や、やればいいんだろ。だからその目をやめろ」

「アハッ☆　チョロ」

「なんか言ったか」

「言ってません言ってません。ほら早く早く〜♪」

「……軽く撫でるだけ、だからな」


ぐぅ。手のひらで転がされている。

でもそれが嫌じゃないあたり、俺はもう割と重症患者だ。


それにしても、撫でろ……か。

俺は改めて時雨と向き合って、考える。

俺は時雨のどこが好きなんだろう。

まず、髪かな。
時雨の髪は好きだ。
光を受けて艶やかに輝く鴉《からす》の濡《ぬ》れ羽色《ばいろ》の髪。
すごく綺麗だと思う。
毛流れに沿って手を滑らせると、指をすり抜ける感覚が心地いい。

「ん……っ、ふふ。くすぐったぁい」

髪を撫でると時雨は嬉しそうにはにかむ。
もちろん、そんな可愛らしい表情を見せてくれる顔も大好きだ。
だから俺は時雨の柔らかくすべすべした頬を撫でる。

「――ちゅっ♡」
「あっ」

そんな俺の手のひらに、時雨がキスをしてきやがった。
時雨の唾液で濡れた親指の付け根がかぁっと熱くなって、俺は慌てて手を離す。

するると時雨は不満げな声で言った。

「えーもう終わりですかぁ？　おにーさん、私の首から上しか好きじゃないんですか？　顔だけが好みなんて、ちょっとショックです」

「ちげーよっ。お前が大人しくしねーからだろ……っ」

「ごめんなさい。ついキスしたくなっちゃって。もう大人しくしてるから続けてくださぁい」

ったく。ほんとかよ……。

俺は奇襲を警戒した手つきで、顔の次に時雨の肩に触れる。

正直女子と付き合う前は知らなかったが、肩というのはなかなかクルものがある。

女子の肩幅って本当に小さくて細っこいんだ。

キスをしている時この肩に触れると、なんというか……庇護欲《ひごよく》？　それに近いものが沸々《ふつふつ》と心に湧《わ》き上がってきて、とても愛おしく思えるんだ。

だから俺は肩の丸いラインをなぞるように撫でた。

で、次は……と、そこまで考えて、俺の目は薄手のパジャマを持ち上げる二つのふくらみに釘《くぎ》付けにされた。

いや、まあそりゃ好きだよ。で、でもそこは流石に……

「おにーさんのスケベ～」

「な、な、なにを」

「誤魔化しても無駄ですよ。視線が突き刺さってましたもん」

「っ～、仕方ねえだろ。お、男は、みんな好きなんだよっ」

これはもう本能みたいなもんだ。

俺はそう言い訳して、とりあえず腕あたりを撫でようとする。が――

「触ってくれないんですか？」

「――――え」

「私、おにーさんに触られるの好きですよ。おにーさんの手とっても優しいから」

言うと、時雨は僅かに胸を逸らす。

「……おにーさんが私を好きだってコト、いっぱい伝えてください」

二つのふくらみが薄い布をさらに強く押し上げ、形が一層はっきり表れる。

先端の……二つのぽっちの存在がわかるくらいに。

ドクンと、心臓が高鳴る。

喉《のど》がカラカラに渇いてくる。

この丸みを撫でて弄《もてあそ》ぶ心地よさを、俺はもう知っている。

だけど――これは………少し、違う気がする。


「どうしました……？」


確かに髪も、顔も、体も……魅力的だ。

時雨はちょっとその辺にはいないくらいの美少女だから。そりゃ魅力的だとも。

だから好きだ。好きなのは間違いない。

でも――俺が時雨のどこが好きなのか、伝えるために撫でれば撫でるほど、触れれば触れるほどに、ふつふつと疑問が湧いてくる。


俺が本当に好きなのは、今触れている場所なのか？

それは……違う。そう言い切れる。

だって……時雨は晴香と双子だから。

はっきり言ってこの二人は瓜二つと言っていい。つまり体に差異はないんだ。

でも俺は晴香じゃなく時雨を選んだ。

時雨じゃないと俺はもう嫌だ。

つまり、俺が好きなのは時雨の上っ面の部分じゃなくて、

──時雨の瞳に溢れんばかりに湛《たた》えられた愛情。

それをなりふり構わず伝えようとしてくれる、時雨の心なんだ。


俺は小心者で臆病モノだ。

いつも自分に自信がない。自分が愛されるような存在だと思えない。

だから、俺は俺を好きな子が好きだ。

そんな俺を真っすぐに好きだと、愛していると、あらゆる方法で伝えてくれる時雨の心が大好きだ。

でもそれは触れられるようなものじゃない。

こうして時雨に触れていても、俺が本当に大好きな場所には届かない。

もどかしくて、焦燥感にも似た飢餓《きが》感は増すばかりだ。

だから俺は——時雨を強く抱き寄せた。


「あっ、……おにーさん？」

「キリがねえ。俺が本当に好きなのは手で触れられる場所じゃないから。全然伝えきれねえよ。朝までかかる」


こんなおままごとみたいな方法じゃ、俺はとても俺自身の気持ちを表せない。

まどろっこしくて仕方がないんだ。

だから俺はそのまま時雨の唇を奪う。

ベッドに倒れ込みながら、深く、強く。

するよ、時雨もまた俺の背中に手を回してきた。

唇を離すと、時雨は俺を見つめながら微笑む。

「いいですよ。朝までても」

「……朝までても足りないかもしれない」

「だったら、毎日でも」

「……言っとくけど、俺はもう時雨って決めたからな。晴香にまだケジメはつけてないけど、もう晴香を理由にして時雨に遠慮するつもりなんて、少しもないんだからぞ」

「あらあら。いいんですか。私にそんなに……期待させちゃって」


優しい微笑みから、俺だけを写す瞳から、離れたくないと腕に込められる力から、時雨がどれだけ俺を愛してくれているかが伝わってくる。

自分が伝えた愛情に、より大きな愛情をもって応えてもらえる。

これに勝る幸せがこの世にあるものだろうか。

もっと伝えたい。もっと交わしたい。

決して触れることが出来ないなら、せめて少しでも近くに。

そう思うなら、躊躇う理由なんて何もない。

俺はもう一度時雨にキスをしながら、——パジャマの中に手を滑らせた。


その日から俺たちは、お互いの身体の、他人には絶対触らせないような場所を許し合うようになった。

親が側に居る以上、音が鳴ったり、すぐに中断できないようなこと……、要するにちゃんとしたエッチは環境的に出来ないが、そのもどかしさを誤魔化すように指や舌を這わせる。

大好きな人の秘密を知っていく時間に、俺たちは夢中になっていった。

EX2　芽吹く不安

「これで全部かな」


あたしは自分の部屋の本棚にあった演劇関係の本やノートを段ボールに詰める。

今のあたしにはもう必要のないものだから。

……こんな形で演劇を辞めることになるなんて、少し前まで思っていなかった。

いや、あたしだって辞めるつもりはなかったんだ。

元々下手の横好きで続けてきたことだから。

そのつもりで夏休み明けもずっと部活に顔を出していた。


だけど――どれだけ割り切ろうとしても、演技をしているとどうしても思い出してしまう。

この夏休みの間の騒動。その熱気と、自分自身が一世一代のチャンスに燃やした情熱。そして夢破れて落下したときの痛さを。

それが頭をよぎって……心がぐちゃぐちゃになってしまうんだ。

だから、

「……もう、仕方ないよね」

指南書や書き溜《た》めた大学ノートを詰めた段ボールの蓋《ふた》を閉じる。

そしてガムテープを貼《は》ろうとして、一瞬手が止まる。

躊躇《ちゅうちょ》――

本当にこれでいいんだろうか。こんなことであたしにとって生活の一部でもある演劇を辞めてしまって後悔しないんだろうか。時雨《しぐれ》が言っていたみたいに、高尾《たかお》さんと上手《うま》く付き合いながら芸能界に入るという選択もあるんじゃないだろうか。

「――――」

でも、あたしはそんな躊躇ごと箱の中に閉じ込めて、ガムテープで封をした。

確かに選択肢としてはあるのかもしれないけど、……あたしには選べない。

高尾さんにずっと関《かか》わり続けることも、高尾さんのことを舞台のたびに思い出すことも、どっちも耐えられない。

だからこれでいいんだ。
これでいい。
確かに演劇はあたしにとって大きなものだ。だった。
だけど、それが全部じゃない。
全部をなくすわけじゃない。
あたしにはまだ、とっても素敵な彼氏がいるんだから。

演劇がなくなって浮いた時間は、すべて博道《ひろみち》くんとの時間に使おう。
恋人と寄り添って過ごす高校生活なんて、とっても素敵じゃないか。
今までは部活で時間が限られていたけど、今日からはもう違う。
たくさん恋人らしいことをしよう。
だって、だってあたしには——もう博道くんしかいないんだから。

「あっ、博道くん……！」

そんなことを考えていると、博道くんからＬＩＮＥが届いた。

なんだか以心伝心という感じがして嬉《うれ》しくなってしまう。

メッセージの内容は、あたしの誕生日パーティーのお誘いだった。


「わあっ！　それすっごい楽しそうっ！」


月末、最近引っ越した新しい家で、あたしと時雨《しぐれ》二人の誕生パーティーをしてくれるらしい。

お母さんも参加してくれるという。

こんなの、楽しいに決まってる。

あたしが一番幸せだった子供の頃に、時間が戻ったみたいだ。

お父さんを連れていけないのが少し残念だけど、こんなの断る理由なんてない。

あたしは大喜びで楽しみにしてると返事をした。

すると、別のアカウントからもＬＩＮＥが届く。

時雨だ。


『私も姉さんの誕生日プレゼント、楽しみにしてます＄』

「こらこらーなによその『＄』はー」

いかにも時雨らしいメッセージに思わず笑みが零れ――

ふと、

それと同時に、

あたしの脳裏に一つの光景が浮かんだ。

時雨が博道くんの隣に座り、彼のスマホであたしのメッセージを見ている光景。

博道くんのＬＩＮＥに送ったメッセージへの返事が時雨から来たということは、それは妄想なんかじゃなく現実に起きていることだ。

「そっか。……博道くんと時雨は、今もいっしょにいるんだ……」

その現実を、あたしは今更実感として理解する。

もちろんそんなの当然のことだ。

二人はもう兄妹になったんだから。

とっくにわかっていたことだ。

だけど、……どうしてだろう。

そのわかっていたはずのことを、いざ一人ぼっちの部屋で言葉にすると……胸がチクチクとした。

第三十七話　にぎやか×バースデー

九月末、あたしと時雨《しぐれ》の誕生日。

ママの提案で誕生会は博道《ひろみち》くんの新しい家で行うことになった。

時刻は昼の三時。

博道くんがＬＩＮＥで送ってくれた地図を見ながら、あたしは目的地のマンションを目指す。

博道くん達の新居は快速の止まる大きな駅から徒歩五分くらいの好立地にあった。

まだ雨の垢《あか》もついていない薄い橙《だいだい》色のお洒落な八階建てマンション。

駐車場駐輪場も敷地内にあり、入り口はオートロックとセキュリティ面も抜群。

以前お邪魔した古いマンガに出てくるようなアパートとは大違いだった。

あたしは入り口の横にあるインターホンでロックを解除してもらい、建物の中に入る。

当然エントランスにはエレベーターがあり、あたしはそれで博道くん達の家がある五階へ向かった。

「はるちゃんいらっしゃい！」

「迷うといけないから早めにきちゃったけど、平気？」

「もちろん。さ、いこいこ！」

五階につくと、エレベーターの前までママが迎えに出てくれていた。

ママはもう待ちきれないとばかりにあたしの手をとって、家に連れて行ってくれる。

「さあ！　入って入って！」

「お邪魔します」

「どう？　怪我《けが》はもう平気？」

「うん。全然大丈夫。もう抜糸も終わったから。その時に周りの髪を切ったから、禿《は》げはまだ残っちゃってるけど」

あたしがそう答えると、ママは安心したように胸をなでおろした。

「よかったぁ。もうびっくりさせないでね。いきなり倒れて、ものすごい勢いで頭を打った時は心臓が止まるかと思ったんだから」

「ごめんねママ」

とはいえビックリしたのはこっちも同じだったんだけど。

時雨からはママはアメリカに出張中だと聞かされていたから。

そんな雑談をしながら廊下を歩いて、リビングに入る。――と、

「わぁ。すごい！」

真新しい清潔な部屋は鮮やかな色紙で飾り付けられていた。

すごく懐かしい……。

まだママとパパが離婚していない頃の誕生日を思い出す。

ママはこういうパーティーが大好きだったから、家族の誕生日や結婚記念日、クリスマスのたびに部屋を装飾してくれていた。

「はるちゃんとしーちゃんの誕生日だもの。気合入れて飾りつけしたんだから」

あたしの反応を見てママは嬉しそうにはにかむ。

あたしもきっと同じ顔をしているんだと思う。

だってパパはこういう派手なことはしない人だから。

誕生日は大抵二人で少し高級なレストランへ、というプランが恒例だ。

それに文句があるわけじゃないけど、やっぱりこういう手作り感のほうが嬉しさは大きい。


「あとで皆で写真とろうねっ」

「うんっ！」

「よう晴香《はるか》」


そこにキッチンにいた博道くんがやってくる。

エプロン姿だった。

なんだか普段見られないレアな姿を見た気がして嬉しくなる。


「迎えはいらないって言ってたけど、道に迷わなかったか？」

「うん。前の家より全然わかりやすかったから」

「はは、まあそりゃそうか。今仕度してるからソファーで時雨と話でもして待っててくれ」

言って博道くんはダイニングを抜けた先、大きなテレビとテーブルのあるリビングを指さす。

そこのソファーには時雨が座っていた。

時雨の方はエプロンはついていない。


「こんにちわ、姉さん」

「今日は時雨が料理するんじゃないんだね」

「最初は私が用意しようとしたんですけどね。追い出されました。一応主賓の一人なので」


確かにそれもそうだ。

あたしは促されるまま時雨の隣に腰を下ろして、雑談しながらパーティーの準備が終わるのを待つことにした。


話題はまずこの新しい家のこと。

時雨はこの新しい家がいかに素晴らしいかを熱弁してくれた。

同時に、これまで住んでいた家がどれだけひどかったかも。

前の家はクーラーさえなく、勉強は朝の涼しいうちにやらないと頭が働かなくなって夏休みの宿題が大変だったとか。

大きな蜘蛛《くも》が出て最悪だったとか。

でも近所のおばちゃんがくれたスイカがとても美味《おい》しかったとか。

それは前の家での些細《ささい》な日常のことだ。

……その端々《はしばし》に、博道くんの存在が出てくる。

当然だ。二人は兄妹で一緒に住んでいたのだから。

ママが帰ってくるまでは、二人っきりで、あの狭い家に。


「…………」


時雨の話を聞くたびに、あたしはその日常を想像してしまう。

朝の涼しいうちに宿題を済ませようと協力する二人や、昼の蒸し暑い時間にスイカを食べて涼む二人。

そして夜、博道くんに以前開けないように言われたあの薄い襖《ふすま》一枚隔てた部屋で、布団《ふとん》に入りながら眠くなるまで雑談をする二人の日常を。

さっきあたしは博道くんのエプロン姿を見て嬉しくなったけど、きっとああいう、あたしの知らない博道くんを……時雨はいっぱい知っているんだろう。

それを……あたしは今更思い知る。

思い知るほどに、以前感じた胸の痛みが強くなる。

チクチク、チクチク、まるで心臓に木のささくれが刺さったみたいに。


最初はどうしてこんなに胸がチクチクするのかわからなかった。

だけど、今はわかる。

……あたしは時雨に嫉妬《しっと》してるんだ。

あたしより長い時間博道くんと居られる時雨に。

そんな自分が嫌で、あたしは話題を学校のことに変える。

するとその流れの中で時雨が思い出したように言った。


「そういえば姉さん。演劇部をやめたんですよね。それはやっぱり、例の一件があったからですか？」

「……うん」

「もう演劇自体、やめちゃうんですか？」

「……んー。わかんない。下手なりに楽しんでずっとやってきたことだから」

やっぱり後ろ髪を引かれる思いはする。

今だって辞めてよかったなんて言えない。

出来ればやめたくなかったっていうのが本音なのかもしれない。

「だけど……続けているとどうしても高尾さんとのことを思い出しちゃって、どうしようもなく嫌な気持ちになっちゃうの。だから……今はとにかく時間が欲しい、かな」

「わかりました。一応、お母さんにはあの夜何があったかは誤魔化《ごまか》したままにしています。もし芸能界に未練があるのなら、以前話したように高尾さんを利用する手も残していないと不便ですからね」

あの夜、あたしは突然会食の席から姿を消したことを部長経由で知ったパパにその理由を尋ねられた。

これにあたしは緊張して逃げ出してしまったと嘘《うそ》を吐いた。

別に高尾さんを庇《かば》ったわけじゃない。

あの人の話題を、パパとママの前でしたくなかったから。

だから時雨と博道くんにも内緒にしておくように頼んだ。

時雨はちゃんとその秘密を守ってくれているらしい。

「ありがと。ごめんね、色々気を使わせちゃって」

「いえ。別に私はなにも。これは姉さんの将来にとっても大切な話でしょうし。勝手に言いふらして波風を立てる権利なんてありませんから。

……ああでも、脅すのが嫌だからってカラ手のままもう一度あの男の前に行くのはやめてくださいね。あの手の男はこっちが弱いと見れば際限なくつけ上がります。気が進まないなら信頼出来る人間に高尾さんとの事情を話して間に立ってもらうなり、最低限の自衛はしてくださいね」

「うん。わかってる。だけど演劇自体はまたやりたくなることがあるかもしれないけど、もう芸能界に入ろうとは思わないかな……」

「無理もないですね。私達にしてみれば二度と逢いたくない人間に逢った上に、脅迫までされたんですから」

「まあそれもだけど、それだけじゃなくって、……今は博道くんとの時間をなによりも大切にしたいって思うから」

「…………」

「ほら。来年ってあたし達受験生でしょ？　特に博道くんは国立目指してるらしいから勉強の邪魔は出来ないし、二人の時間をたっぷり過ごすなら今年だと思うの。だから部活を辞めたのもいい機会だったのかもしれないって、今は思ってる」

「……なるほど。物は考えようですね」

「いつまでも落ち込んでても仕方ないからね。ポジティブに考えなきゃ」

言ってあたしは一度博道くんの方を見やる。

彼はママといっしょにまだキッチンにいた。

それを確認した上で、時雨に肩を寄せる。


「……時雨。ちょっと」

「なんですか？」

「あのね、……実は博道くんって結構エッチなんだよ」

「……いきなりなんの暴露ですかそれは」

あたしが耳打ちした言葉に時雨が眉《まゆ》を顰《ひそ》める。

「ほら、夏休み、みんなで海行ったでしょ。あのときね、博道くんすっごいキスしてきたの。

く、口の中に……舌を……いれるような、エッチなやつ。しかも胸とかお尻《しり》とかも触って……あたしもうビックリしちゃった」

「……恋人なら普通のことでは？」

「そうなの、かな。やっぱり男の子はエッチな事したいのかな？」

「私も女なので印象でしか語れませんが、おそらくは。逆に姉さんはしたくないんですか？」

「……うん。ああいうのは学生のうちはダメだと思う。ちゃんと大人になって、責任がとれるようにならないと。ああいうのちゃんと断らないとダメだからね。あたし達はまだ学生なんだから」

「……ちゃんと準備さえすれば普通のコミュニケーションの内だと思いますけどね。私は」

「ダメだよっ。万が一、なんてってことがあるかもだし」

「まあそれが姉さんの価値観というのなら否定はしませんが。……というかなんで私にこんな話を？」

「ん。まあお姉ちゃんとして？　妹が彼氏を作ったときに間違いを犯さないよう、釘を刺しておかないとなって思って。男の子って結構強引《ごういん》だからね。博道くんくらい優しい男の子でもそうなんだもん。気をつけないとダメだよっ」

「はぁ。まあ記憶にはとどめておきますが――……うん？」

時雨が途中で言葉を引っ込めて顔を顰《しか》める。

その理由はあたしにもすぐわかった。

キッチンの方から焦《こ》げ臭《くさ》さが漂ってきたのだ。

直後にママの悲鳴も飛んでくる。


「キャー！　ヒロ君大変。ローストチキンが真っ黒になっちゃった！　どんな料理もボタン一つでってお店の人言ってたのに！　この『ヘルシー王』君料理が下手っぴかも」

「マジか。『ヘルシー王』最低だな」

「ワンチャン、ウェルダンってことで通らないかしら」

「んーギリギリアウトじゃないかなぁ。っと、……この包丁切れ味悪ッ」

「研ぎなおす？」

「いや、めんどいし後でいいでしょ。研がなくてもニンジンくらい体重掛けたら切れる切れる。

あ、めっちゃ吹っ飛んだ」

「フリーーーーズ!!　そこを一歩も動くなこの野蛮人共!!」


キッチン組に時雨がキレた。

時雨はソファーから跳ね起きるように立ちあがると肩を怒らせながらキッチンに向かう。

「いやいや主賓はソファーでくつろいでろよ」

「そうよ。ゆっくりしてて」

「誕生日に炭チキンと血のサラダを喰《く》わされるこっちの身にもなってください。ほら邪魔！」


直後、時雨を追い返そうとした博道くんのお尻を時雨が蹴《け》とばした。


「いってっ!!」

「おにーさんはそっちで姉さんの相手でもしててください！　ほらほら！」


さらに連打。

ゲシゲシと時雨は博道くんをキッチンから文字通り蹴り出す。

そしてキッチンを占拠し、さっきまで博道くんが握っていた包丁を手に取ると、側に置いてあった白く平たい皿をひっくり返し、水道の水を注《そそ》ぎながら、皿の脚の部分に三、四回包丁の刃を滑らせた。

それを見ていたママが尋ねる。

「何してるの？」

「調理中のちょっとした研ぎなおしならこれで十分です」

言って時雨は先ほど博道くんが苦戦していた人参《にんじん》を軽快に刻む。

「わっ、すごーい」

「そのローストチキンは作り直しですね」

「実はウェルダンチキンでしたとか……」

「料理なめんなって話ですよ」

「ひんっ」

「あぁでも捨てずに置いといてください。焦げた部分を削《そ》いでサラダにでも使いますから」

時雨はテキパキとキッチンの惨状を立て直す。

それを遠目に見ながら、あたしは隠れて……ため息をついた。

……なにやってるんだろ。あたし。

時雨と博道くんは兄妹になったんだから、一緒に生活するのは当たり前なのに。

あたしはあたしの知らない二人の時間に、嫉妬してる。

嫉妬して……変な張り合い方をしてしまった。

あたしだって時雨の知らない博道くんを知ってるんだって。


「ふー。やっぱお洒落な料理は難しいわ」


あたしが俯《うつむ》いていると、うなじに博道くんの声がかかった。

慌てて表情を繕って顔をあげる。


「でも博道くん、バーベキューの時すごい手際よかったよ？」

「てきとーに切って網で焼くだけだからな。あれ」

「さっき蹴られてたけど、痛くない？」

「え？　ああ全然。時雨もそんな本気で蹴ってるわけじゃないし。ていうかアイツに本気でミドル入れられたらもうその日一日歩けないと思うぞ」

エプロンを脱いで、あたしの斜め向かいのソファーに腰を下ろしながら、博道くんはどこか楽しそうに語る。
チクリ　チクリ
彼の笑顔に、また胸が痛みだす。
博道くんの態度から二人が気兼ねない関係を築けていることがわかるから。
嫉妬心が、またあたしを急き立てる。
急き立てられるままにあたしは立ち上がって、博道くんの隣に座りなおした。
そして——彼の膝《ひざ》の上にこてんと、横になる。

「は、晴香？　ど、どうしたんだいきなり」

「なんとなく膝枕《ひざまくら》してほしくなっちゃった。……ダメ？」

「い、いやダメってわけじゃない、けど」

「えへへ。じゃあどかなーい」


博道くんの腿《もも》に頰《ほお》を寄せて、その温《ぬく》もりを感じながら自分に言い聞かせる。

そうだ。あたしだって……こんなに近くに居るんだ。居れるんだ。

こんなこと時雨には出来ない。

どれだけ仲がいいと言っても、きっと妹とはこんなことはしない。——と。

「…………」


どうしてこんな気持ちになってしまうんだろう。

二人が兄妹になったなら、仲のいいことは良いことなのに。

いやそもそも、時雨と仲良くしてほしいと博道くんに言ったのはあたしなのに。


それなのに……今は二人に仲良くしてほしくないとすら、考えている自分がいる。


ものすごい自己嫌悪で気分が悪くなってくる。

あたしは今になって二人が兄妹になって一緒に生活していたことを隠してくれた理由をほとほと思い知った。


『別にあたしは博道くんが時雨と一緒に暮らしてるからって、不安になったりしないよ？』

病室では自然と言えた言葉をもう一度言う自信なんて欠片《かけら》もない。

こんなにも穏やかじゃない気持ちになるなんて。

もしかしてあたしは……時雨に博道くんをとられるとでも思っているんだろうか。

考えて、そんなことを考えた自分にゾッとした。

ありえない。そんなの絶対にありえない。

時雨はいつだって姉のあたしを思いやってくれて、ゲームの一番も、ケーキの大きい方も、いつも譲ってくれた。

それはあたしが一番よく知っているのに……。

「あらー。あらあらあら～♪　お熱いわねっ」

「……すこし目を離した間にイチャイチャと。ずいぶんと仲のいいことですね」

「い、いや、これは……！」

しばらく博道くんの膝に横たわり、顔をお腹《なか》に埋めていると、そんなやり取りが聞こえてくる。

寝返りをうつと、時雨とママがリビングにやってきていた。

あたしは膝の上から博道くんの首に手を回して言った。

「当然だよ。だってあたしと博道くんは恋人なんだもん。ね？」

「お、おう……」

「別にイチャイチャするなとは言いませんけど、料理が出来たんで配膳くらいは手伝ってください。あとお母さん。若々しいキャラを作りたいなら『お熱い』はナシですよ。レッドカード。退場です」

「ええ。うそ。もうお熱いって言わないの？」

「いとおかしみたいなものです」

「古語なの!?」

踵《きびす》を返しキッチンに戻る二人。

そこから膝の上のあたしに視線を向けて、博道くんは困ったような顔で言った。

「なあ、俺《おれ》たちも手伝おうぜ。晴香」

「……だね」

あたしとしてはもうしばらくこうしていたかったけど、そうもいかない。

あたしは素直に聞き入れて、彼の膝から起き上がった。

……ホント、バカみたい。

時雨がそんなことをするわけがない。

博道くんがそんなことをするわけがない。

そんなのわかりきってるのに、当たり前のことなのに、一人で勝手に嫉妬して……

あたしって……こんなにイヤな子だったんだ。

×　×　×

自分の的外れな嫉妬心に暗い気持ちになってしまったが、いざパーティーが始まると少しずつ胸の中で淀《よど》んだ黒い靄《もや》のようなものが薄れていった。

というのも、やっぱり自分の誕生日を祝ってもらえるのは楽しいから。

それも、ずっと逢えていなかったママと、大好きな彼氏に祝ってもらえるのだから、嬉しさに自然と心は弾む。

リビングのテーブルには大きなローストチキンを中心に、シーザーサラダ、ディップソースと野菜スティック、トマトとバジルの乗った可愛《かわい》らしいブルスケッタ、大皿のグラタンなど、見た目にもパーティー感の強いお祝い料理が並んでいる。

そして主賓であるあたしと時雨の前には、17本のローソクが立てられたホールケーキも。

ママがそれに火を灯《とも》す。

17本すべてに火がついたのを確認してから、博道くんが部屋のカーテンを閉めた。

時刻は午後六時。秋の入りではまだ太陽が沈み切っていない時間だけど、閉めたカーテン越しに部屋を照らすほどの力はない。

部屋の中は真っ暗になってローソクの明かりだけがあたし達を照らす。

その薄闇《うすやみ》の中、どこからか耳なじみのある音楽が流れてくる。

音楽に合わせてママがハッピー・バースデー・トゥ・ユーを歌い始める。

博道くんも少し調子っぱずれな声で続く。


その歌を聞いていると……自然と頬《ほお》が緩んでくる。

本当に……懐かしい。

昔は誕生日のたびにママがこれを歌って、パパが恥ずかしそうにしながら続いてくれた。

丁度今みたいに。

だからあたしと時雨もそのころと同じように、どちらとも合図を送ることなく、歌が終わるのに合わせて二人してローソクの火を吹き消した。

「はるちゃんしーちゃん、17歳のお誕生日おめでとーっ♪」


二人から拍手を送られる。

あたしと時雨は二人にありがとうを、そしてお互いにおめでとうを交わし合った。

それから一度博道くんがケーキを下げる。

流石にご飯と一緒にケーキは食べない。あとで切り分けてくれるのだろう。


「さあさあ召し上がれ～♪」


ママは取り皿にあたしと時雨の分の料理をよそって渡してくれる。

あたし達がそれを受け取ると、ママは嬉《うれ》しそうに言った。

「ホント、またこうして二人の誕生日を一緒にお祝いできるなんて夢みたい！　ヒロ君には感謝しないとね！」

「え、なんで俺《おれ》？」

「まあ姉さんがおにーさんの彼女じゃなかったら、神奈川《かながわ》に戻ってきたとはいえお父さんの手前、家には呼び辛《つら》いですよね」

時雨の言葉にママは申し訳なさそうに頷《うなず》く。

その表情は、誕生日を時雨と一緒にママの家で祝いたいとあたしが言ったときのパパに似ていた。

大人同士……複雑な感情があるんだろう。

でもママは話題がこの場にそぐわないと思ったようで、パン、と手を打って無理矢理話題を変えた。

「そうだっ。これ二人に私からプレゼント！」

そう言ってテーブルの下から紙袋を二つ取り出す。

綺麗《きれい》なパステルカラーの立派な紙袋には、箔押《はくお》しでメーカーのロゴが入っている。

ママからの十年ぶりの誕生日プレゼント。

中身は見えないけど、もうそれだけであたしは嬉しくて仕方がなかった。

「ありがとうママ！」

「開けていいですか？」

「いいわよー。気に入ってもらえるといいんだけど」

時雨が許可をとってくれたのであたしも胸の高鳴りのまま、袋の中を見る。


「あっ、マフラーだっ」

「私もです。これ姉さんと色違いですね」

確かに同じ白地のマフラーだけど、アクセントラインの色が違う。

あたしのはピンク色で、時雨は薄い水色だ。

「カシミヤなんて高いんじゃないですか？」

「二人とももう17歳だし、少しはいいものを身につけないとね。特にはるちゃんはＴＶにも取り上げられるくらいの有名人なんだから。前の顔合わせは上手《うま》く行かなかったみたいだけど、またチャンスはくるわ。はるちゃん可愛《かわい》いもん！」

……若干表情が引き攣《つ》った。

事情を知らないママに悪気はないのだが。

あたしはマフラーに頬を埋めて表情を誤魔化《ごまか》す。

だけど、

「じゃあ次は俺から……晴香に」

そう言って博道くんがあたしの前に来て、手のひらに収まるほどのお洒落な小袋を差し出してくれた瞬間、気まずさなんてどこかに吹っ飛んでしまった。

大好きな人からの、初めての誕生日プレゼント。

それがあたしの中のあらゆる感情を一瞬で喜び一色に塗《ぬ》り潰《つぶ》した。

博道くんが用意していないなんて思ってなかった。

貰《もら》えると期待、というより確信はもっていた。

だけど、いざ貰えるとなると体中がかぁっと熱くなって、頬が溶けるように緩んでしまう。

「ありがとうっ！　ねえ、今中を見ていい⁉」

尋ねはしたが、すでにあたしの指はビロードの小袋の口を縛るリボンを解いていた。

遅れて博道くんが「もちろん」と言ってくれたので、あたしは宝箱を開けるような気持ちで中を覗《のぞ》き込む。

キラリと部屋の照明を受けて何かが輝く。

一つ二つじゃない。無数の輝き。

中に入っていたのは、――透明と薄桃色の水晶で作られた天然石のブレスレットだった。

「わっ！　すっごい可愛い！」

「へー、ピンクオパールね。可愛い。ヒロ君センスいいじゃない。ヒロ君結構真面目《まじめ》というかお堅い感じするから、指輪とか、普段使い出来ないような重めのアクセとか出してきたら場の空気をどうしようかとちょっと心配しちゃった」

「きっといいアドバイザーが居たんでしょうねぇ」

「は、ははは……」

指輪――確かにあたしは指輪はつけないけど、博道くんがくれるなら何でも嬉しい。

もちろんこのブレスレットも。

「ありがと博道くん！　すっごい、すっっごい嬉しい！　あたし、こんなに嬉しいプレゼント生まれて初めてだよ！」

「そ、そう……か。喜んでもらえて、よかったよ」

「これから毎日つけて学校にいくね！」


と言いながら学校まで待つなんて考えられない。

あたしはさっそく貰ったブレスレットを右手首につけてみた。

このブレスレット自体はそこまで飛びぬけて高級なものというわけじゃないのだろう。

学生に買えるものなんだから、当然だ。

だけど、これは博道くんがあたしを喜ばせようとして貰ってくれたブレスレット。

そこに込められている彼の愛情を思うと、あたしにとってはダイヤモンドなんて目じゃない宝石だった。

嬉しくて、幸せで、あたしはそれを独り占めするように胸に抱く。


「おにーさん♡」

「なんだその手は」

「そりゃあもちろん私へのプレゼントですよ。はーやーくー、はーやーくー」

そんなあたしの隣で、時雨がプレゼントの催促をする。

……時雨へのプレゼント。

一体なんなのだろうと気になって顔をあげると、

「……時雨には、これな」

「…………………？」

博道くんは手に握りこんだ何かを時雨に手渡した。

時雨が手を開くと、手のひらの上には小さな紙片が置かれていた。

「引換券……」

紙片に書かれた手書きの文字を読んで、時雨は首を傾げる。

「あのおにーさん、つかぬことをお伺いしますが、なんですかこのゴミは」

「まあ、なんというか、な。夏休みみんなで海いったろ」

「はい。行きましたね」

「その時に虎子さんに車出してもらったろ」

「ええ。それが？」

「あの人釣り出すために結構いい肉使ったから、晴香のプレゼント買ったらもう予算がなくなっちまったんだ」

「なんですかそれーーーーー!!」


手書きの引換券を握りつぶし、絶叫しながら時雨は立ち上がった。


「悪い。あとでちゃんと引き換えるからっ」

「誕生日に貰うから誕生日プレゼントなんですよー！　バカなんですかこの甲斐性なし！」

「マジすまんて」


博道くんはそう言うと拝み手で時雨に謝る。

だが時雨の憤懣《ふんまん》は収まらない。

それを見かねたママが横からフォローをいれた。


「まあまあしーちゃん。ヒロ君だって残ったお金で適当に間に合わせることは出来たけど、

ちゃんといいものを用意したいから、こういう形にしたんでしょ？」

「ぶーぶー。でも今日は私の誕生日でもあるのにぃ」

「彼女優先なのは仕方ないじゃない。ね？」

「……絶対あとで交換してくださいよ」

「わかってる。約束するって」


そうか。

あの日のバーベキューが美味《おい》しかったのは、いいお肉を使っていたからでもあったんだ。

それにしては徴収された金額が少なかった気がするけど、もしかして博道くんが一人で被ってくれたのだろうか。

その結果がこれなのだとしたら、時雨には可哀《かわい》そうなことになってしまった。

だけど……なんてことだろう。
あたしは、この騒動を、時雨の憤懣を、
プレゼントを貰えた自分と後回しにされた時雨との差を……
嬉しいと、そう感じてしまっていた。

自分は博道くんの彼女として、ちゃんと優遇されている。

妹の時雨とは違うと。


とんでもなくひどい。ひどい姉だ。自分で自分を軽蔑《けいべつ》する。

だけど……それでも嬉しい。どうしようもなく嬉しかった。

彼の特別な、たった一人でいられることが。

それを確かな形で確認出来た今となっては、先ほどまで感じていた焦燥感がとてもバカバカしいものに思えてきた。


本当に、どうかしていたと思う。

時雨と博道くんの仲の良さに嫉妬《しっと》して、あんな露骨な彼女アピールして。

独り相撲《ずもう》もいいところだ。

二人はどこまで行っても――兄妹でしかないのに。

恋人になんてなれないのに。


「ごめんね時雨。先にもらっちゃって。でもあたしとパパからのプレゼントはあるから機嫌直して？」

不貞腐《ふてくさ》れて唇を尖《とが》らせる時雨にあたしからも謝る。

気付けばチクチクした胸の痛みは、もうどんな痛みだったかを思い出すことも出来なくなっていた。

カノジョの妹とキスをした

I kissed My Girlfriend's Little Sister

EX3 世界で一番大切な君へ

私と姉の誕生パーティーは日が沈みきるまで続いた。

まるで時間が吹っ飛んだみたいにあっという間だった気がする。

終始中だるみすることなくしゃべりっぱなしだったから当然か。

母は典型的なパーティー大好き星人だから、話題が尽きるということがない。母と姉は十年ぶりの再会なわけだから、尽きるどころかむしろ足りないくらいだろう。


離婚してからそれぞれがどういう生活を送っていたのかとか。

父さんとは上手くやれているかとか。

お母さんの再婚相手はどんな人なのかとか。


話すことなんていくらでもある。

その流れで母の再婚相手の息子と姉が恋人だった数奇《すうき》な巡りあわせに話題が移って、一体どういうふうに二人は出会ったのかという、今の兄が悶絶《もんぜつ》しそうな話題がしばし続いたところで、私達は時間の感覚を取り戻した。

義父《とう》さんが帰ってきたからだ。

今日帰りが遅くなるからパーティーには参加できないと言っていた義父さんの帰宅に、ハッと時計を見ると、時刻はすでに夜の十時を過ぎてしまっていた。

これに姉は流石に長居しすぎたと帰宅の準備を始め、私と兄は姉さんを最寄り駅まで送るために、一緒に家を出たのだった。

「ごめんね。駅まで送ってもらって」

「家から近いっていっても、もういい時間だしな」

「慌てて出てきましたけど、忘れ物はありませんか。姉さん」

「んーたぶん。まあ何か忘れてたら学校に持ってきてよ」

残業帰りのサラリーマンたちでごった返す改札前。

私達は短く別れの挨拶《あいさつ》を交わす。

姉は夏休み明けからのここ数週間では見なかった晴れやかな笑顔だった。

「今日はホントに楽しかった！　素敵なプレゼントもありがとうっ！」

そう言うと姉は兄から貰ったブレスレットをつけっぱなしにしている右腕を、大切そうに胸に押し当てる。

今日もう十回以上、同じ動作をしている。

よっぽど兄から貰ったプレゼントが嬉しいらしい。


「そうだ！　中間テストが終わったらもう文化祭でしょ？　あたし、演劇部の皆の劇だけは絶対見に行きたいんだけど、博道くん一緒に見に行ってくれる？」

「あ、ああ。もちろんいいけど、……どうせなら三人で回らないか？」

「私もですか？」

「いいね！　そうしよう！　時雨もいいよね？」

「……ええ。姉さんにとって私がお邪魔でないなら構いませんが」

「あはは。邪魔なわけないよ〜。約束ね。じゃあ来週また学校で！　ばいばーい！」

姉は改札を通り抜けてからも名残惜しそうに手を振る。

そのたびにキラキラと駅の照明を反射してブレスレットが輝いていた。

「私達も帰りますか」

姉がホームに続く階段を上っていくのを見届けた後、私は踵《きびす》を返す。

すると、そんな私に兄が言った。

「……なあ。ちょっと公園に寄ってかねえか」

×　×　×

最寄り駅から新居までの最短ルート。住宅街の間を突っ切る道には途中小さな公園がある。一組のブランコとシーソーと砂場、あとは人が四人ほど座れるベンチが一脚あるだけの本当に小さな公園だ。

そのベンチに隣り合って座ると、兄は大きなため息を零した。

「はー……」

「お疲れですね。まあお母さんのテンションはおにーさんにはなかなかしんどいでしょう。あの人昔からパリピですからね」

「いやまあ、パーティー慣れしてないってのも確かにあるけど……晴香にあんなに喜ばれると自己嫌悪っつーかなんつうか……色々たまんなくてな」

……なるほどそっちか。

まあ、離れた気持ちを在るように取り繕うなんて、兄には到底向いていない嘘《うそ》だ。

「病院の時は周りに親がいたし、姉さんの様子も普通ではなかったので私も止めましたが、大方の事情も判明しましたし、おにーさんが正直に話したいと思っているなら言ってしまってもいいと思いますよ。姉さんを傷つけないように時期を見計らっているようですけど、どんなタイミングで話をしたところで姉さんは絶対に傷つきますし」

「わかってる……。俺だって晴香《はるか》を傷つけないでいられるなんて都合のいいこと、考えてない。でもだからって晴香のことがどうでもいいわけじゃない。気持ちが離れたからどうにでもなってしまえなんて、思えない」

そう言うと兄は私に問いかけてくる。

「なあ……晴香、やっぱりヘンだったろ」

「そうですね。おにーさんが言うように、だいぶおかしかったです」

私は頷いて同意を示す。

実際、姉があそこまで生々しい話を自分から振ってきたことには私も驚いた。

……アレは、自分と兄との恋人関係をことさらに語ることで、兄と良好な関係を築いてる私と張り合ったんだろうか。

姉は私が彼氏を作ったときのために、と言っていたが、どうも不自然に思う。

あるいは……姉は私達の関係に感づいたのだろうか。

一瞬考慮するも、私はすぐにそれはないかと判断した。もしそうなら、彼女ヅラを見せて牽制《けんせい》する程度では済まないだろう。

たぶん、演劇を失った喪失感を兄により強く依存することで紛らわせようとする気持ちが、姉を前より少し嫉妬深くさせているんだろう。

……ただ、

「でも、今日のパーティーでだいぶ元気になったとは思います。さっきの姉さんは私の知っている姉さんでしたから」

「確かに、ちょっと明るい感じになったよな！」


私は頷く。


「どんな傷も時間は治してくれます。いずれまた演劇がやりたくなるなんてこともあるんじゃないですかね。未練はあるようですし」

「……そうだな。文化祭で演劇見に行きたいって言ってたし……文化祭でそれとなく復帰を促してみるか。夢中になれることが見つかったら、きっと元気も出ると思うし……」


そう思案する兄の姿を他の人が見ると、とても滑稽《こっけい》に映るかもしれない。

別れ話を切り出すために、姉を元気づける方法を探す。

言葉にするとなかなかひどい。

そんなのは優しさや正しさではなく偽善だと思う人も多いんじゃないだろうか。

気持ちが離れたなら、さっさと別れを告げるのが本当の『優しさ』だと。

それも一つの考え方だと思う。私も割とそっちのタイプだ。

でも、これは自分のために他人を傷つけることの出来る人間の発想だ。

結局のところ根っこの部分が自分本位だから、どれだけ気遣わしいふりをしていたところで、一定の境界線で他人をバッサリと切り捨てることが出来る。


……この人はそうじゃない。

この人は、自分が通り一辺倒の『優しさ』を貫いた後、姉さんがどうなってしまうのか、私達が意図的に切り捨てて考えないようにしている境界線の向こうを想像してしまう人だ。

兄自身が寂《さび》しさを感じるほどに打ち込んできた演劇を理不尽な大人に台無しにされて傷ついているところに、『自分は嘘をつかなかった』という免罪符を得るために、明け透けに真実を告げて、恋人も、信じていた妹も、ようやく再会できた母親とも距離が出来てしまう。そんな……まさしく何もかもを失ってしまった姉の姿を。

それを思うとなかなか行動には移せないんだ。


というかそもそも、この人に浮気《うわき》なんて大それたことが出来るわけがないんだ。

自分の欲望のために恋人を傷つけるようなこと、この人の道理に合わない。

……それを私が無理矢理捻《ね》じ曲げさせた。

彼は今、自分の中の道理に合わないことを無理やり通そうとして苦しんでいる。

それがこのちぐはぐな行動を生んでいるんだろう。

そのことを私も申し訳なく感じる。

でも、私が姉に本当の事なんて話さなくていい、私はなんの証も約束もいらないからと言ったところで、納得してくれる人でもない。

この人は、私なんかにも誠実であろうとするから。

難儀《なんぎ》な人だ。そうやって他人を慮《おもんぱか》って、いつだって蔑《ないがし》ろになるのは自分自身なのだから。

現に今も彼は自分自身の嘘に対する自己嫌悪に苦しんでいる。


でも……申し訳なく思う反面、本当に自分のことながら質の悪いことこの上ないが、私はこの人の……そういう部分が好きで好きでたまらないんだ。

自分に出来る限りで他人に誠実にあろうとする不器用な姿に、私は惹《ひ》かれた。

彼がここで姉をもうどうでもいいからと切り捨てるような人間だったら、私はきっと、姉を裏切ってでもこの人を手に入れようとはしなかっただろう。

だったら……、私がやるべきことは一つだけだ。


「おにーさん。私はいつまでも待てますから。あまり無理はしないでくださいね」

「……時雨は、イヤだったりしないのか？　俺が……時雨の前で晴香と、その、恋人のフリを続けたりするの。不安になったりしないのか？」

「どうでしょう。羨《うらや》ましくは思いますけど、嫌とか不安とかはあまり。だって、私のすることはどっちみち一つですから」

「一つって……？」

「私の目の前で姉さんのことなんて考えられないくらい、おにーさんのことぐちゃぐちゃにしてやるってことですよ」

自分の中の道理に背《そむ》いて、姉を裏切って、この私を選んでくれたこの人に、私を選んでくれたことを……後悔させない。

絶対にそれだけはさせない。私に出来る何もかもで、この人を夢中にさせてみせる。

そう言った私を見て、兄はすこし嬉しそうに笑ってくれた。

「おっかねえ女に引っかかっちゃったな」

「後悔してももう遅いですよ」

彼の顔に笑顔が戻ったことにホッとする。

そのときだ。

夜の風が吹きさらしの公園を通り抜けて、冷たい空気が肌を撫でた。

冷たい。季節は最近短くなってしまった秋に差し掛かろうとしていた。

「そろそろ帰りましょうか。もう夜は肌寒い時期ですし」

促して、立ち上がる。

でもそんな私を兄は引き留めた。

「ああちょっと待って。まだ大事な用が済んでない」

「大事な用？」

まだ何かあるのだろうか。

「なんか……めっちゃキレてたけどさぁ、俺が時雨の分のプレゼント用意してないとか本気で思ってるのか？」

「え？　用意してくれてるんですか？」

「あ、当たり前だろ……」

兄は大変不服そうに言いながら、ポケットからリボン付きの包装を施された小さな箱を私に手渡してきた。

どうやら本当に用意してくれていたらしい。

「ハッピーバースデー。時雨」

「用意していたなら姉さんと一緒に渡してくれたらよかったのに」

「……渡し辛いんだよ。晴香の前だと」

兄は気まずそうに目を逸らす。

別に兄妹が誕生日プレゼントを渡すことは普通のことだと思うし、私と姉二人の誕生日なのに片方にだけ渡さない方が気まずくはないだろうか？

ちょっと兄の感覚は理解出来ないが、どんな形であれ貰えるなら貰えるで嬉しい。

「ここで見てもいいですか？」

こくりと、兄が頷いたのを確認してからリボンを解く。

手のひらに収まるサイズのプレゼントボックスの中には、小さなピンク色のケースが収まっていた。

そのケースの形を見て、もしやと思う。

取り出して開くと、……予想通りだった。

指輪《リング》だ。


「色々考えたんだ。時雨は重いって言ってたけど……俺はせっかく……その、好きな女の子に贈るなら、重い物を贈りたいって。そうしないと……時雨にいっぱい言ってもらった好きって気持ちに釣り合いとれないし」

「っっ～～～～～～～～～～!!!!」

瞬間、何か熱いものが胸の奥からせり上がってきた。

やばい。

そう思った私は、とっさに兄に背を向ける。


「時雨……？」

「ま、……まーったく、困ったおにーさんですねぇ。あれだけリングは普段使い出来ないからやめろって教えてあげたのに。人の話を聞かないんですからぁ！」


努めて軽い声音を作るけど、繕えるのは声だけだ。

胸の奥からせり上がってきた感情は、もう目尻から溢《あふ》れ涙の珠《たま》を作っていた。

どうして泣いているのか。自分で自分に驚く。

泣くほど嬉しかったのか？　自分自身の感情に理解がついて行かない。

とりあえず落ち着かないと……っ。

私は表情を繕う時間を作るために軽口を叩《たた》く。が、

「まあ、これは貰ってあげますけどね。ええ。だけどあれですよおにーさん。もうすこしカジュアルな愛情表現も覚えていかないと女の子にモテませんよ。まったく」

「俺は……時雨にさえ好きでいてもらえるなら、誰《だれ》からも好かれなくていいし」


ものすごい可愛いセリフで追い打ちをかけられて、否応なく自分の感情を理解させられた。

嬉しい。泣くほど嬉しいんだ、私。

胸が嬉しさでいっぱいになって、息を吸うのも苦しくなる。

そういえば前もこんなことがあった。兄に初めて告白された時。私はもっと強がれると思っていたのに、ひっどい不細工顔になったっけ。

私って、こんなに泣き虫なのか。自己評価的には強い女のつもりだったのに。


でも私はこの人がどういう人か知っているから。

本来なら姉を裏切るなんて考えることも出来ないこの人が、私のためにここまでしてくれているということ、そこに込められてる感情を思うと、どうしてもたまらなくなるんだ。

だけど、

「そ、それにしてもよく私の指のサイズがわかりましたねー。あ、そういえば前にキスしてるとき、手を妙に絡《から》めてきたことがありましたっけ。もしかしてあの時に測ってたんですか？ ふふっ、な、なんだか可愛いですねっ」


素直に面と向かってお礼が言えない。

自分の口元がありえないくらいだらしなく緩んでるのがわかる。

今間違いなく、とんでもないブス顔になってる。

私だって女だ。好きな男の子の前では綺麗でいたい。

こんなボロボロ涙を流して、口元をだらしなく緩ませてるブス顔なんて絶対見られたくない。だから私はどうにか表情を取り繕う時間を稼ぐために、兄に背を向けたまま軽口を叩く。でもそうしていると、兄がまるで捨てられた子犬の鳴き声みたいな弱々しい声音でこんなことを言ってきた。

「……気に、いらなかったか？」

「い、いえ⁉　そんなことは一言も言ってませんけど！　まあでも、その、なんといいますかねー！　なんて言ったらいいいんでしょうかねー？」

待ってください。違うんです。そうじゃないんですおにーさん。

とっても気に入ってます。嬉しいです。だけど今は少し待ってください。

言葉には出来ないから必死に念じる。念を送る。

でも都合よくテレパシーに開眼するわけもなく、

「やっぱその、重かったか？　そうだよな。時雨がやめとけって言ってくれたのに」

「いやまあ⁉　重い、って言えば重い、ですけど、そういうことじゃなくてですね！」

兄がどんどん落ち込んでいく。

そんな悲しい声を出さないでください。

おねがいだから、ほんの少し待ってくれるだけでいいんです。

涙だけでも止められたらちゃんとお礼をいいますから、お願いですから、

「あのぅ、気に入らなかったら捨ててくれてもいいから……」

「あーーもーーーーっ!!!!」


そこでもう私は音を上げた。

勝手に納得して勝手に落ち込む兄に向き直って、まだ全然頬を伝った涙も拭えていないブス顔を晒《さら》す。


「嬉しいですよ！　泣くほど嬉しいです!!　このだらしない顔みればわかるでしょ！　なんかもう自分でも引くくらい喜んじゃってて っ、ぐずっ！　か、感情の収拾がつかなくなってたから生意気言っただけです……っ！　念を送ったんだから察してくださいよこの鈍感!!」

「え、ええ……、無茶《むちゃ》言うなよ」

うるさい。無茶じゃない。

そもそも私が兄からのプレゼントを喜ばないわけがないじゃないか。

それを捨てろとかどういう発想だ。


「でも……そっか。喜んでくれたなら、よかった……」


あああああ、またこの兄は可愛い反応を……！

ここが家の中だったら今すぐ押し倒してやるところだ。

おかげでこっちの感情の収拾はもう全く目途がつかない。

まったく、さっき私のことをおっかないとか言ってたけどどの口で言ったのだろう。

私はもう、自分で感情のコントロールさえ出来ないくらい、こんなにも兄にぐちゃぐちゃにされてるのに。


「っっ……！」

でも、私にだってプライドはある。

やられっぱなしなのは気に入らない。

なにより――自分だけが重いと思ったら大間違いだ。

私はおもむろにケースから紫の宝石があしらわれた指輪を取り出すと、それを自分の左手薬指に嵌《は》めてやった。


「ちょ⁉　ど、どこにつけてるんだよ！」

「貰ったものをどこにつけようと私の勝手ですねー‼　もう今日は外しませんからねコレ！」

「いやそんなもんつけて家に帰るのはマズイだろ！」

「しりませーん！　頑張っておにーさんが気付かれないように努力してくださーい！」

「ちょ、ちょっと待てって！　時雨ー！」


あー知らない知らない。

もうこの指輪は私が一番つけたいところにつける。そう決めた。

言うことなんて絶対聞いてやらない。

全部全部、私をこんなに嬉しくするおにーさんが悪いんだ。

なかばやけっぱちになった私は、兄の制止を無視して家に向かって歩き出す。

……それにしてもこの高揚感はどうだろう。

左手薬指が熱い。

街灯の明かりを反射して淡く煌《きら》めく指輪を見ると、頬がどうしても緩む。

……考えてみれば、姉がブレスレットの輝きを目で追いかけたり、姉がそれを抱きしめた回数を数えたりして……プレゼントを貰えなかったこと、結構気にしていたのだろうか。

証なんていらない。そう言っておきながら貰ったら貰ったでこの喜びようとは。

我ながらなんというか、現金な女だった。

×　×　×

「あ、おかえり。ずいぶんと遅かったな。晴香」

「────」

「晴香?」

「あ……ただいま。パパ」

「今風呂《ふろ》湧《わ》いたところだけど、父さんもう服ぬいじゃったから、先入るぞ」

「……うん」


風呂場の入り口のスライドドア。

そこから顔だけ覗かせていたパパに返事をして、あたしはキッチンへ向かう。

真っすぐなはずの廊下が歪《ゆが》んで見える。

頭が、……混乱する。

あたしは……さっき、なにを見たんだ。

二人と別れた後、駅のホームで電車を待っていると、唐突な尿意に襲われた。

仕方なく駅のトイレに駆け込んで、手洗いをしていたあと、あたしはスマホを博道くんの家に忘れてきたことに気が付いた。

最初はもう明日時雨に持ってきてもらおうか、とも思った。

いい加減遅い時間だったから。

だけど……夜に博道くんとお話したかったし、やっぱり取りに行こうと駅員さんに説明して改札を通してもらったんだ。


そして……来た道を戻って……その途中の小さな公園で……

時雨に指輪をプレゼントしている博道くんを……見た。

そして……時雨はその指輪を……左手の薬指、に……、

「…………」


何が……なんだかわからない。

少し距離があったから、大声でしゃべっている言葉しか聞き取れなかった。

あれは、誕生日プレゼントなの？

でも、博道くん、時雨の誕生日プレゼントは買えなかったって言ってた。
でもでも、時雨に指輪、渡してた。
じゃああれは何？　誕生日プレゼントしかない、よね？
どうして、隠したの？　家で一緒に渡せばよかったのに、どうして？
というか……それ以前に……

妹に　指輪なんて　渡す　の？

手首で光るブレスレットを見つめる。
すごく嬉しかった、博道くんの誕生日プレゼント。
あたしだけに渡してくれた、誕生日プレゼント。
だけど、ホントは時雨にもこっそり、渡してて、それは指輪で、
指輪と、ブレスレット。妹と、恋人。
……普通、逆じゃない？
だって指輪なんて……特別な人にしか、贈らない。
特別な……

『ＴＥＬＬ！　ＴＥＬＬＬＬ！』

「ひっ⁉」

び、びっくりした。

電話だ。

……こんな時間に一体、誰から……。

「はい……。もしもし。才川《さいかわ》です」

『あ、姉さん？　時雨です』

息が止まるかと思った。

いや、実際止まっていたと思う。

そんなあたしの動揺を知らない時雨が、すこし呆《あき》れた調子で言う。

『姉さんってば、うちにスマホ忘れていったでしょ』

「あ……。うん……。そう、だっけ」

『気付いてなかったんですか？　まあ慌てて家を出たので仕方ないですけど。とりあえず帰り道で失くしたわけじゃなく、うちにありますよ、という連絡だけしようと思いまして。これ週明け学校に持っていきますから、朝のうちに特進まで取りに来てください』

「う、うん。わかった。ごめんね、……面倒かけて」

『別に面倒というほどでは。それじゃあ──』

「あ、ま、まってッ!!」

『……なにか？』


そうだ。このまま電話を切っちゃ駄目だ。

聞かなきゃ。問いたださなきゃ。

あの公園で何をやっていたのか。

どうして、時雨が博道くんに指輪なんて貰ってるのか。

どうして、博道くんはプレゼントは買えなかったなんて嘘をついたのか。

二人は……本当に……ただの兄妹なの、か──

「ツッツ〜〜〜〜〜〜〜〜〜〜〜〜〜〜〜……」

『姉さん？　どうしました？』

「……ご、ごめん！　やっぱり、なんでもない。……じゃあね、時雨」

『はあ。それじゃあ、おやすみなさい』


時雨が電話を切る。

あたしは受話器を置く。


「――――」


……聞けなかった。

言葉が、出てこなかった。

どうして……？


そんなの、決まってる。

公園で二人を見つけたとき……声をかけられなかったのと同じだ。

もし理由を問い詰めて……もし、万が一……

博道くんから貰った指輪を薬指につける時雨の見たこともないくらい嬉しそうな顔を見た瞬間、あたしの脳裏に浮かんだ最悪の現実が待っていたら、……どうする？

つまりは……二人が、二人が、お互いを――

「っっ、違う！　何を、何を考えてるのあたし!!」


そんなわけない！　そんなわけない！

博道くんはあたしの彼氏で、時雨はあたしの双子の妹！

博道くんがあたしを裏切るわけない！　浮気なんてするわけない！

時雨だってそう！　いつだって時雨は優しくて、あたしを思いやってくれた！

他の誰でもない、博道くんと時雨だ！

よりにもよってその二人がそんなことをするわけない！　絶対に違う!!　そうだこんなの何かの間違いだ！　あたしがなにかとんでもない勘違いをしているんだ！　二人に聞けばああそんなこととかで笑い飛ばせるようなくだらない勘違い！　そうに決まってるそれ以外あるはずない絶対に違う違う違う違――


――じゃあ好きな男の子のタイプとかあるの？　教えてよ。こういう話、子供の頃はしたことなかったから、聞いてみたいなー――

――別に、普通でいいですよ。私の作った朝ごはんを美味しそうに食べてくれて、私が不安な時に手を握っていてくれるなら、それ以上は望みません——
——へー。意外と欲がないんだね——
——どうでしょう。これ以上ないくらい強欲なことを言っている自覚はありますが——

「うっ⁉　ゔぅぅッ‼」

突然、胃が裏返るような不快感が襲ってくる。
あたしは慌ててトイレに飛び込んで、便座の前に膝《ひざ》をつく。
直後、あたしは今日のパーティーで食べたものを残らず吐き出した。
博道くんや時雨が作ってくれたもの、全部。
まるで毒を吐き出すように。
今日という時間をすべて拒絶するように。

「げぇ、えええッ！　うぅ、うううぅ……！　ちが、ちがう……ちがう……ぇぅぅ」

あたしは泣きながら耳を塞《ふさ》ぐ。
でも、いつかの会話の残響は記憶の中から響いてくる。

ほんの一時間前まで時間を忘れるくらい楽しかったのに……吐き出す胃液が透明になる頃には、パーティーの余韻なんて少しも残っていなかった。

第三十八話　うたがい×ラビリンス

二人があたしを騙《だま》しているわけない。

あの日、公園で博道《ひろみち》くんが時雨《しぐれ》に指輪を渡している場面を見てしまってから、何度この言葉を唱えただろう。

でも一度芽吹いた疑念は決してあたしの心の中から消える事はなかった。

だって……やっぱりどう考えても普通じゃない。

彼女に贈るのがブレスレットで、妹には指輪って……。

しかもこっそり二人きりで。


……二人は本当に、ただの兄妹なのか。


どうしても疑ってしまう。

どれだけ二人を信じようとしても、あの日の光景が瞼《まぶた》の裏に焼き付いて離れない。

だから……夜、ベッドで目を瞑《つむ》る度に思い出してしまうのだ。

そして思う。……一緒に家にいる二人は、何をしているのだろうかと。

不安と恐怖に息がつまる。涙がボロボロと溢《あふ》れ出して、博道くんの名前を呼ぶ。でも返ってくる言葉なんてありはしない。

同じ家にいる時雨の声は届いても、あたしのいる場所は遠すぎて彼に声は届かない。


眠れない夜が続く。

疑念はあたしの胸の中で膨らみ続け、日常生活にも支障をきたすほどになっていた。

だけど、

「おはよー！　博道くんっ！」

「晴香《はるか》。普通科も今授業終わったところだろ？　ずいぶん早いな」

「早く博道くんとご飯したくて走ってきちゃった」

「今日も元気ですねぇ。姉さんは」

「えへへ。博道くんに貰《もら》ったプレゼントのおかげかなー。これをつけてると、すっごく元気になれるから」


……あたしは、何も見ていないふりを続けていた。

何度も二人を問い詰める機会はあったのに、すべて見送って。


だって……あたしには、受け止められない。

もしあたしの中にある最悪の疑念が真実だった時、恋人にも、妹にも裏切られたとき、あたしは……どうしたらいいの。

考えられない。考えたくもない。

だから、踏み込めないんだ。


あたしは不安をすべて胸の内に隠して、それがバレないように努めて明るく振舞った。

下手ながら何年も続けた演劇は、こんなところであたしの助けになってくれた。


でも……どれだけ二人や周りを上手《うま》く誤魔化《ごまか》したところで、自分までは誤魔化せない。

ストレスで肌が荒れて、めったにしなかった化粧をするようになった。

食欲がなくなって、一ヵ月で五キロも体重が落ちてしまった。

夜眠れなくなって、医者に処方してもらった『睡眠薬』に頼るようになった。

そんな有様だったので二学期の中間テストはひどい結果だった。

ほとんどの教科で赤点をとってしまったあたしは、しばらく追試と補習に追われ、博道くんと逢う時間がなくなった。

そうしてグダグダとしているうちに、結局二人を問い詰めることが出来ないまま文化祭当日になってしまったのだった。

×　×　×

文化祭当日。

県下にそれなりに名の知られた進学校だからか、比較的おとなしい生徒が多い星雲《せいうん》も、この日ばかりは騒がしくなる。

あたしのクラスは隣のクラスと合同でカジノをやった。

もちろん賭《か》けるのはお金ではなく、景品と交換できるチップだ。

あたしはバニーガールになって（とはいっても制服にウサミミをつけるだけだが）教室の前で客引きを担当する。と——

「あっ！　もしかして『奇跡の一枚』の晴香さんですか⁉」

「わ、ホントだ！　インストで見た人だ！」

「一緒に写真撮ってもらっていいですか⁉」

「は、はい。いいですよ」

こういうやり取りが朝から10回くらいあった。

中には『演劇楽しみにしています』と言ってくる人もいて、なんというかとても申し訳ない気持ちでいっぱいになった。

あと、困った人だと強引《ごういん》に握手を求めてきたり、LINE交換を迫ってくるような男の人もいたけど、

「あーお客さん申し訳ないんじゃが、ウサギちゃんにお触りが厳禁なんじゃウチ。お詫《わ》びにワシが握手してLINEも交換しちゃるよってカンベンしてくれや」

「い、いえ！　結構です‼」

と、そのたびにボタンが千切れそうなくらいパツパツのスーツと厳《いか》ついサングラスをつけた剛士《たけし》くんがやってきては、持ち前の筋肉で困った人を追い払ってくれた。

「あ、ありがとう剛士くん」

「ふっ。違うぞ才川《さいかわ》。今日のワシは剛士じゃない。カジノ・ラビットホールの用心棒《バウンサー》ストロング＝タケじゃ」

ニヤリに微笑みながらネクタイをキュッと締め直す。ノリノリだった。

「しかし才川のおかげで客は入るが、予想した通り変な奴《やつ》も寄ってくるのぉ。まあそのためにワシがおるんじゃが。才川、イヤじゃったら店の中のディーラーと交代しても構わんぞ？」

剛士くんはあたしをそう気遣ってくれる。
顔や身体つきは怖いけど優しい人だ。
でもあたしは大丈夫と言った。

「一番忙しい書き入れ時に休憩を貰うんだから。これくらい平気だよ」
「そうか？　また変な奴が来たらちゃんとワシを呼べよ」
「うん。わかった」

そう言ってあたしは仕事に戻る。

演劇部の公演は丁度昼。あたしはそこで抜けさせてもらうことになっている。

クラスのみんなに我儘《わがまま》を聞いてもらっているんだから、夏合宿の『奇跡の一枚』騒動で無駄に大きくなった知名度を使ってクラスに貢献するくらいはしないと申し訳がない。

そうして多少のトラブルもありながらも、無事午前を乗り切った頃、博道くんがあたしを迎えに来てくれた。


「晴香。迎えにきたぞ」

「あ、博道くんっ」

「へえ。カジノだからウサギの耳なんだな」

「最初はホントにバニーガールの衣装を用意するつもりだったらしいけど、学校に怒られたんだって」

「はは。そらそうだろ。……どうだ？　少し早く着いちゃったけど、抜けられそうか？」

あたしは確認するために教室の入り口にあるチップ交換カウンターに目くばせする。

事前に話は通しておいたので、クラスメイト達は快く頷《うなず》いてくれた。

「お疲れさん才川。いやー『奇跡の一枚』効果すげーわ。午前中だけで景品の在庫殆どなくなったからな。売上一位はもうウチで決まりだろコレ」

「あとは俺《おれ》たちでテキトーにやっとくから、片付けまで遊んできていいぞー」

「ありがとう！」

あたしはカウンターにウサミミを渡して、博道くんと歩き出す。

そこでふと、時雨がどこにもいないことに気付いた。

確か演劇は三人で見に行く、という約束だったはずだが。

「そういえば時雨なんだけど、アイツ学級委員だからあんまり長い時間クラスを離れられないらしくて、演劇は二人で見てきてくれだってさ。演劇が終わったあと一緒に回ろうってさ」

「そう、なんだ」

あたしは内心ホッとした。

あれ以来、二人が仲良くしている姿を見るたびに胸が苦しくなって、何も知らない、見ていないフリをするのが難しくなるから。

「ねえ。まだ時間あるし、少し見て回ろうよ」

「そういえば何も食べてないんだよな。公演前になんか食べるか」

「いいね！　それならクラスの子が言ってたんだけど、科学部のカフェがすごくおいしいらしいよ！　ね、いってみよ！」

あたしはそう精一杯の演技で元気に言って、博道くんの腕に勢いよく抱きつく。

博道くんはあたしの勢いに驚いたように目を丸くして、それから優しく微笑んだ。

「最近追試に補習で散々だったのに、元気いいな。晴香」

「うん！　元気元気！　元気だよ！」

「じゃあ行くか。科学部に」

「ゴーゴー！」

科学部はあたしの教室から公演が行われる体育館までの道中の科学室に店を出している。

あたし達はそこに寄り道して、クラスメイトにおススメされたパンケーキを頼んだ。

しばらくすると、焼いたトーストの上に科学部が手作りしたアイスを乗せて、メイプルシロップとシナモンを全体にまぶした、科学部のイメージとはかけ離れたお洒落な一皿が出てくる。

見た目にも美味《おい》しそうなそれは、実際にとても美味しかった。

「おお、滅茶苦茶美味いな。科学部なのに……」

「ホントだー。料理が上手い人がいたのかな」

「たぶん余計なものが入ってない手作りだから味が濃厚なのかも」

「あったかいトーストに冷たいアイスが染み込んで美味しいー」

そういえば、海にキャンプに行った時も、こうして二人向かい合って座って、アイスを食べたっけ。

あのときはかき氷だったけど。

……たった二ヵ月ほど前のことなのに、もうずいぶんと昔のことのように思える。

それだけ……あたしと博道くんとの間に距離が出来てしまったということなんだろうか。

っ……。そんなこと、ないっ。

「博道くん。あーん」

「い、いいよ。あの時は別々の味だったけど、今日は二人とも同じバニラアイスだし」

「……博道くんに、あーんってしたいの。ダメ？」

あたしは思い出に縋《すが》りつこうと、手を伸ばす。

だけど、

「いや、ダメではないけど……。でもほら、もうすぐ演劇部の公演時間だろ。今アイス食べ過ぎると体が冷えてトイレに行きたくなるかもしれないからさ」

「……あはは。そっか。そうだね」


伸ばした手は、やんわり躱《かわ》される。

確かに、アイスの食べ過ぎは良くない。公演時間は45分もあるんだから。

それはとても納得のいく理由だ。

なのに……、
その納得のいく理由を伴った行動すら、避けられているんじゃないかと、今のあたしは考えてしまう。

そうだ。あたしのやっていることになんて、何の意味もない。

本当はそんなことわかっているんだ。

こんなふうに何も知らないふりをして、元気に振舞って、上辺だけ繕っても、あの日見た現実はなかったことにはならないし、それを忘れることも出来ない。
結局のところ真実に向かって踏み込まないと、あたしは延々この黒い靄《もや》の中で堂々巡りをするだけだ。
わかっている。わかっているのに……、
あたしには、どうしても真実に踏み込むことが出来なかった。
その一歩が……奈落に踏み出す一歩だって、感じてしまっているんだ。
だって、だって、
ここのところ博道くんから……、一度もキス、してくれてないから。

×　×　×

「はぁ……」
本来はあたしが主演を務めるはずだった公演を二人で見終わったあと、女子トイレで大きなため息を吐く。

ふと視線をあげると、鏡にくたびれた自分が映っていた。

「ひどい顔してる。……なんだか、昔のあたしみたい」


両親の離婚でふさぎ込んでいた頃。

学童保育で博道くんに出会う前の自分がそこにいた。

こんな顔でよく博道くんを誤魔化せているものだ。

それとも……あたしが昔みたいな顔になっていることに気付かないくらい、博道くんはもう……あたしのことを見てくれていないのだろうか。


いったいどうしてこんなことになってしまったんだろう。

あたしの何が、いけなかったんだろう。

博道くんに、嫌われるようなことをしてしまったんだろうか。

思い当たる節が……ない。

強いて言えば……博道くんがエッチな事をしようとしたときに、拒絶したくらい。

でもすぐに博道くんはあたしの考えを理解してくれた。

二人で身体目的じゃない、ピュアな本当の愛を育んでいこうって……。

わかってくれてると、思っていたのに。


『……ちゃんと準備さえすれば普通のコミュニケーションの内だと思いますけどね。私は』


時雨は、……エッチしたの？

時雨にしてもらったから、時雨ならさせてくれるから、時雨に浮気《うわき》しちゃったの？

博道くん……。

もし、もしそうならどうして……どうしてそれを、あたしに内緒にするの？


そうだ。そこが……わからないんだ。

二人がもし、万が一浮気していたとしても、博道くんはそれを隠すような人ではないと思う。

だって……、そんなのひどいじゃないか。あたしのこともう好きじゃないのに、好きなふりをして、弄《もてあそ》んで……、そんなの、ひどすぎる。

あたしは博道くんのことをよく知っているから言い切れる。

彼はそんな遊び半分で他人を弄ぶ、高尾《たかお》さんのような人じゃないって。

もしも気持ちがあたしから離れてしまったとしても、博道くんなら必ずそれを話してくれる。そう思う。

だからこそ……どうして時雨とあんなことして、あたしに変わらず優しくしてくれるのか、それがわからない。

一体何が本当で、何が嘘《うそ》なのか、もう……。

「…………」

黒い靄の中の堂々巡りが延々と続く。

だけど……それもいつか限界が来ることは目に見えている。

あたしにとってかけがえのない二人を疑って生活を続けるなんて、無理なんだ。

いつか、二人のことが嫌いになってしまう。

そうなってしまう前に、真実を知らないと。

知ってしまえば、他愛もない勘違いかもしれない。きっとそうに違いないんだ。だから――

……この後、時雨が合流してくる。

その時に……踏み出そう。真実に向かって。

あたしが二人のことを……、好きでいられるうちに。

×　×　×

「お腹《なか》、大丈夫だったか？」

「……えへへ。うん。ちょっと冷えちゃっただけだから」

トイレから出たあたしは博道くんに嘘をつく。

それから二人で新校舎と旧校舎の間の中庭に移動する。

そこで時雨と合流する約束だったからだ。

「時雨はまだ来てないんだね」

「ああ。でももうちょっとしたら出られるって、さっきＬＩＮＥ来たからここで待ってようぜ。すこし人疲れしたしな」

あたしは頷いて芝の上に腰を下ろす。

周囲に人はあまりいない。

人の流れは新校舎と旧校舎を行き来する通路と、グラウンドに並ぶ出店に向かう道に集中していて、店が出ていない中庭そのものに留まる人は少ないようだ。

休憩するには丁度いい場所だった。


時雨を待つ間、博道くんとさっきまで見ていた劇の感想会をする。

あたしの方は見ているふりをしているだけのようなもので、内容はさっぱり頭に入ってきていなかったのだが、一応自分が主演を務める予定だった劇だ。大筋はよく知っているから話を合わせるのには苦労しなかった。

あたしは適当に相槌《あいづち》を打ちながら、時雨の到着を待つ。

呼吸を整えて、決心が揺らがないように自分を鼓舞しながら。

そうしていると、ふと博道くんが……優しい口調でこう言った。

「でも、よかったよ。晴香が元気になってくれて」

「…………、え？」

元気なんて、今のあたしに一番遠い言葉に、思わず隣に座る博道くんの顔を見上げる。

博道くんは言葉を続けた。

「恥ずかしがり屋の晴香がさ、勇気を出して芸能界に入るチャンスを摑《つか》もうって頑張ったのに、クソみたいな大人のせいで台無しにされて……、しかもあんなに楽しんでた部活までやめちゃって。正直、あの頃の晴香、少しおかしかったから心配だったんだよ」

「おかしかった……？」

「だって俺の知ってる晴香はあんな下校時間の校門で、いっぱい人がいるのにキスなんて、絶対しなかったし。もしかしたら自棄《やけ》起こしてんじゃないかって心配だった。ほんの少しの衝撃で壊れちゃいそうで怖かったんだ。でも……なんか最近は元気そうだからすごくホッとした」

「…………」

「時雨から聞いたよ。高尾にはもう関《かか》わりたくないけど、演劇自体が嫌いになったわけじゃないって。それに興味がなくなったり嫌いになったなら、劇を見にいきたいなんて言わないだろ。晴香はきっと今でも演劇が好きなんだよ。だってあんなに楽しんでたじゃんか。あんなに毎日閉門時間ギリギリまで練習してさ。夏休みだってすげー頑張ってただろ。俺、一番近くで見てたから、よく知ってる」

「――――」

「今はまだ……高尾に怖い思いさせられたせいで、それを思い出しちゃって苦しいかもしれないけど、でもそういうのって時間が経《た》てば少しずつ忘れていけるもんだと思うんだよ。だから……もし今日演劇を見てて、自分もまたやりたいって少しでも思ったならさ、……もう一回やってみないか？」

優しい顔であたしに部活への復帰を薦める博道くん。
そんな彼を見ていて、あたしは……理解してしまった。
博道くんがどうして、時雨とのことをあたしに黙っているのか。
あたしの心を弄ぶようなこと絶対にしない博道くんが、どうして嘘をついているのか。
その理由を。

——ああそっか。博道くんは、

あたしが可哀そうだから、言い出せないだけなんだ。

「部長もいつだって復帰してきていいって言ってたぞ。それに、あんなに一生懸命やってたんだから、あんなバカな大人のせいでやめるなんてもったいないじゃんか。きっと晴香にとって演劇は必要なものだと思うんだよ」

高尾さんに脅迫された夜から、あたしは打ち込んでいた演劇を楽しめなくなって、そんな自分が主演をするなんて部の皆に申し訳なくって、やめてしまった。

そしてあたしは、今まで生活の大半を占めていた部活を辞めたことでぽっかりと空いてしまった空白を、博道くんとの時間で埋《うず》めようとした。

あたしにはもう、博道くんしかいなくなってしまったから。

そんなあたしから、……自分という恋人までも取り上げて、追い打ちをかけることが博道くんには出来なかったんだ。


今まで恋人だったという『義理』だけが彼の中に残ってて、あたしのことを乱暴に切り捨てられずにいるんだろう。だって彼は優しい人だから。

あたしが可哀そうだから、危ういから、恋人のふりを続けている。

せめてあたしが立ち直るまで待とうと、なれない嘘をついてあたしを騙《だま》してる。

あたしが博道くんに寄りかからなくても立ってられるようになったその時に、……別れを切り出すために。


……それは、なんというか博道くんらしい。

あたしの中の博道くんの印象にピタリとハマる行為だ。

それならあたしを騙している理由にも納得がいく。

彼はきっと、本当ならすぐにでも正直に話してしまいたいんだろう。

だって彼はもう、あたしのことなんて少しも見てない。

昔と……学童保育にいた頃と同じ顔をしているあたしを指して、『元気になった』なんて言うくらいだ。

彼にはもう、こんなに側に居るあたしがどんな顔しているかさえ見えちゃいないんだ。

それくらい心が離れてしまっている。

だけど……それを正直に切り出すことを、良心が許さない。

嘘を吐く自分に自己嫌悪を感じながらも、あたしのために、あたしを騙してる。

時雨と兄妹になったことを内緒にしていたように。

きっと、そうなんだろう。

つまりそれは、
あたしが可哀そうでいる限り、博道くんはあたしを捨てられないということだ。


「冗談言わないでよ」

「……え？　晴、香？」

「ねえ博道くん。あんな怖い思いして、嫌な思いして、もう一度演劇が楽しめるようになるって、本気で思ってる？　あたしはもう二度と……演劇なんてやりたくない」
「で、でも……時雨にはまだ嫌いになったわけじゃないって……」
「あたしはお姉ちゃんだもん。妹の前でなら強がりもするよ。でもホントは全然平気なんかじゃなかった。それでも元気に見えるように振舞えるのはね、博道くんのおかげなんだよ」

手に巻いたブレスレットを胸に抱く。

「演劇は嫌いになっちゃったけど、あたしには博道くんがいる。大好きな恋人がいてくれる。そう思うと元気が湧《わ》いてくる。だからもう演劇なんてどうでもいいの。博道くんと一緒にいる時間が何よりも楽しいから。博道くんさえいてくれれば他に何もいらない」

その手を、そっと隣に座る博道くんの手に添える。
そして、強く握って——言った。

「だから博道くん……、あたしの側にいてね？　博道くんがもし、万が一いなくなっちゃったりしたら、あたし、あたし——死んじゃうかもしれないから」

瞬間、博道くんの顔色が目に見えて青くなった。

あたしは……ほくそ笑む。

ああ、やっぱりだ。

やっぱりこの人は……可哀そうなあたしを捨てられない。


「な、なに大げさなこと言ってるんだよ……ははは」

「大げさ、かな？　もし博道くんと恋人じゃなかったら……あたしはきっと、耐えられなかったと思うよ？　あたしが立ち直れたのは全部、博道くんのおかげなの。だから――」

「あっ、おにーさん！　姉さん！　すいませんっ。お待たせしました」

そうこうしているうちに時雨が中庭に走ってくる。

あたしは博道くんの手をそっと離して、最後に時雨に聞こえないよう、

「さっきの弱音は、時雨には内緒にしておいてね」

小さく囁《ささや》くと、彼の唇に軽くキスをした。

×　×　×

文化祭が終わって、打ち上げを済ませて、いつもより少し遅い時間にあたしは家に帰る。

パパはまだ仕事から帰ってきていなかった。

あたしはふらふらと手も洗わず自分の部屋に向かって、ベッドに倒れ込んだ。


「……ふふ」


ベッドの上で今日という一日を思い返して、乾いた笑いが零れる。

それは一度零れ出すと、まるでしゃっくりのように止まらなくなった。


「アハ、アハハッ！　なにしてんだろ、あたし！」


止まらないのは笑いだけじゃない。

涙もだ。

突っ伏した枕《まくら》が熱く濡《ぬ》れていく。

「バカだ……っ、あたし……っ！　あんなこと言ったら、もう……っ！」


本当になんてことを、してしまったんだろう。

今更ながらに自分の言った言葉に自己嫌悪が止まらなくなる。


──死んじゃうかもしれないから。


呪《のろ》いだ。これは。

博道くんを縛る呪いの言葉。

こう言えば優しい博道くんは、自分を捨てられない。

あたしからどれだけ心が離れても、嘘を吐くことが苦しくても、あたしから逃げられない。

そういう鎖のような言葉だ。


でもこの言葉は……あたしと博道くんの間にある関係、すべてを壊す言葉でもある。

だって……こんな言葉を口にしたら、博道くんはもう二度と、あたしに本音を話せない。

あたしに優しい嘘しかつけなくなる。

そうなれば……、心から相手を信じあい、思いやるような関係は作れない。あたし達の間にあるのは優しい嘘だけ。真実の愛は、どこにもない。

もう、永遠に……。

つまりあたしは、あたしは……


自分の手で、あたしの望んだ未来を……壊したんだ。

もう二度と元に戻らないほど、粉みじんに。


「っっ〜〜〜〜……！」


涙が止まらない。

どうしてこんなことになってしまったんだろう。

一体何がいけなかったんだろう。

わからない。

でも、たった一つわかることは……このまま成り行きに任せていたら、博道くんはあたしの側《そば》からいなくなってしまうということだ。

時雨が……時雨が博道くんを奪っていってしまう。

時雨が、時雨、時雨……！　どうして、信じてたのに！　あたしはこんなにも時雨のことを信じて、大切に思っていたのに！

「どうして、こんなことをするのっっ！」

博道くんは、こんなにも優しい。
優しいから、本当はあたしを裏切ったりしない人なんだ。
誰《だれ》かが、無理やりそうなるように仕向けなければ。

……許せない。
きっと全部、全部時雨が悪いんだ。
時雨が博道くんを誘惑して、彼の心を変えてしまった。
エッチをしたがっていた博道くんを……体で誘惑したんだ。
だって時雨は、あたしと同じ顔をしているから。
ああそうだ。優しい博道くんが、あたしを裏切るなんて、望んでるはずがない。
博道くんは騙されてるんだ。あの女に。

騙されて、誘惑されて、間違いを犯してしまって、自分でも知らず知らずに、自分の意に沿わないことをしてるんだ。

そう。あのときの——ママみたいに。

時雨は、高尾さんだ。
えっちで人をたぶらかす、最低の人間。
あたしと別れている間に、そうなってしまったんだ。
じゃないと、あたしの彼氏だってわかってる博道くんと、あんなことするわけない。

助けてあげないと。
あたしが博道くんを、守ってあげないと。
博道くんは、浮気なんてして、彼女を悲しませるような人間じゃないんだから。
ママは守れなかったけど、博道くんは守らないと。
だって、だって、博道くんのいない毎日なんて……想像するのも恐ろしいから。

「……絶対に、渡さない……っ」

渡すもんか。

博道くんはあたしの恋人だ。

絶対に譲らない。何がなんでも。——どんなことをしてでも繋《つな》ぎ止めないと。

罪悪感でも、なんでも利用して。

「絶対に……逃がさないから」

カノジョの妹とキスをした

I kissed My Girlfriend's Little Sister

第三十九話　ておくれ×コミュニケーション

「……はぁ…………」

朝っぱらから洗面台の鏡に映る自分の不景気な顔を見て、ため息を吐く。
……昨日の文化祭。あれは失敗だった。
あの明るくて元気な晴香《はるか》が……あんなことを言い出すなんて。
俺の考えが甘かった。
晴香の傷を、軽く見積もりすぎていたんだ。

でも、考えてみれば当然だ。
男の俺でも、大人に凄《すご》まれたら怖い。
女の子の晴香ならもっと怖いだろう。
しかもその相手は……昔自分の家庭を壊した男。
そんな恐怖を思い出しながら、部活なんて楽しめるわけがない。

俺は、バカだ。

……晴香に嘘《うそ》を吐き続けている現状から早く逃げ出したい。

そう思って、焦《あせ》りすぎた。

無思慮に、無遠慮に、晴香の地雷を踏みぬいてしまった。

その結果晴香にあんな……恐ろしい言葉を口にさせてしまった。

今の晴香に俺と時雨の関係を話したら、どうなってしまうんだ。

……想像するのも怖い。

あのときの晴香の表情には、何を大げさなと笑い飛ばせない危うさがあった。

もし俺が……俺自身が嘘を吐きたくないから、楽になりたいからって、本当の事を無遠慮に晴香に話した結果、……取り返しのつかないことになったら……。

「っっ〜〜〜〜……」

……ダメだ。

やっぱり、どう考えても今の晴香には話せない。

待つしかない。嘘を吐き続けてでも。

だけど……本当に、待っていてチャンスは来るのだろうか。

うだうだと埒《らち》の明かない悩みを抱えながら、あとから来た時雨《しぐれ》に洗面台を譲るため、歯ブラシを咥《くわ》え洗面所を出る。

と、そのときだった。

ピンポーン、とインターホンがエントランスからの呼び出しを知らせてきた。

「こんな朝早くに客？　おーい博道《ひろみち》。お前出てくれ」

「ふあぁ？　歯ぁ磨いてふのひ……」

テーブルで新聞を読む親父に文句を言いながら、俺は壁に取り付けられた端末で誰が来たのかを確認して、

「ぶぅぅふっ⁉︎⁉︎」

口の中の泡を全部インターホンに向かって噴き出してしまった。

「ちょ⁉　キッタねえな！　何やってんだ博道！」

親父が文句を言ってくるが、こっちはそれにかまうどころじゃない。

だってカメラの向こうに居たのは、――晴香だったんだから。

俺は慌てて通話ボタンを押す。

「は、晴香⁉　いったいどうしたんだよこんな朝に……」

『あっ、博道くん。おはよー。一緒に学校行きたくて迎えに来ちゃった。えへへ』

迎えに来たって……。

星雲《せいうん》高校の最寄り駅は、晴香の家の最寄り駅とこの新居の最寄り駅の間だ。

つまり晴香は、わざわざ学校を通り過ぎてやってきたということで――

「え？　姉さんが来たんですか？」

「うそ。はるちゃんの家って学校より遠いでしょ？」

俺が騒いでるのを聞きつけてきた母さんと時雨《しぐれ》も驚いている。

俺も全く同じ気持ちだった。


「青春だねぇ。外で待たせるのも悪いからとりあえず上がってもらえよ。俺もちゃんと博道の彼女と話してみたいしさ」

「あ、ああ……」


確かにいつまでも外で待たせるわけにはいかない。

俺も時雨も、登校の準備にはもう少し時間がかかる。

だから俺は晴香を迎え入れるべく、エントランスのロックを解除した。

×　×　×

それから俺と時雨は、晴香が親父と話している間に大急ぎで制服に着替えて登校の準備を済ませた。

そして朝食をパンで軽く済ませて三人で家を出る。

「まったく。姉さんが驚かせるものだから、大変だったんですよ。おにーさんったら、インターホンに向かって口の中の物全部吹き出しちゃって」

「えー。博道くんきたなーい」

「う、し、仕方ないだろ。ホントにびっくりしたんだからよ……」

「まあ確かにびっくりはしますよね。どうしたんですか姉さん。学校を跨《また》いで迎えに来るなんて。何かあったんですか？」


学校に向かう道中、時雨が自然な流れで尋ねる。

これに晴香は「そんなに不思議？」とばかりに首を傾げて答えた。


「ん？　別に？　彼女が彼氏と一緒に登校したいって、普通じゃない？」

「普通と思いますけど、それにしたって学校の駅前で待ち合わせとかにするものじゃないです？　定期使えないでしょ。こっちに来たら」

「あ。それいいアイデアだね。じゃあ明日からそうしよう」

「あ、明日も迎えに来るつもりだったのか？」

「うんっ」

笑顔で頷くと、晴香は飛びつくように俺の右腕に抱きついた。

「えへへ。彼氏と一緒に通学すると学校も楽しくなるねっ」

「いつもは楽しくないのか」

「最近はねー。部活やめちゃったから、勉強するだけのところになっちゃったし」

「…………」

「だから明日から毎日一緒に登校しよ！　ね、いいでしょ、博道くん」

「あ、ああ……。もちろんいいぞ」


やったーと喜ぶ晴香の表情は明るい。

とても明るい。

だけど――


『死んじゃうかもしれない』


…………。

あのときの顔がこの笑顔の裏に潜んでいることを俺は知っている。

だからこの行動も、晴香の切羽詰まった感情の表れなのではないかと、そう感じてしまって、笑顔が引き攣《つ》らないようにするのに苦労した。

一方、そんなことは知らない時雨は、遠慮なしに文句を言う。

「私も構いませんけど、あんまり私と同じ顔で恥ずかしいことしないでくれませんか」

「えー。やだ！」

「即答ですか」

「はー。あたしも博道くんと同じ特進だったらよかったのになぁ」

「中間で赤点五つもとるような人には無理ですよ」

「ひどーい。ねえ時雨。あたしと入れ替わってくれない？　きっとバレないよ。昔もバレなかったし」

「私の授業はどうなるんですか。絶対にお断りです」

そんなやり取りをしながら坂を登るうちに校門が見えてきた。

校門に立つ生活指導の教師にやや白い目で見られながら、俺たちは腕を組んだまま下駄《げた》箱へ。

そこで晴香はようやく俺の腕から離れてくれた。

ここから特進と普通科で向かう場所が違うからだ。

「……じゃあまたお昼休みにね！　博道くん！」

「ん。またあとでな」

「あっ、そうだ。博道くん」


一度背を向けた晴香が、くるりと踵を返す。

「さっき時雨も言ってたけど、あたし前の中間が本当に散々で、次の期末落とすとちょっとやばいんだー。だからね。今日から放課後、あたしの家でまた勉強教えてくれない？」

え……。


つまりそれは、晴香の家で……二人で、ってことか。

それ自体は今までも何度も、特に夏休み中はよくやっていたことだ。

だけど……それは俺が晴香のことを、恋人として好きだったたから。

さっきの腕組みもそうだけど、時雨の見ている前であんまりこういう誘いを受けたくない。

大体テストは特進だって同じ期間にある。

来年受験を控えてる俺にとっても、今は大事な時期だ。

普通科のテスト勉強に付き合う時間は、有意義とは言えない。

「期末、もう二週間後でしょ？　それまで。お願い！」

「……ああ。わかった。お安い御用だぜ」

「ありがとー！　お礼はちゃんとするからね！」

でも俺は断れなかった。

今の晴香に少しでも負荷をかけることが怖かったんだ。

……こういうの、優柔不断っていうんだろうな。

晴香を見送った後、俺は深々とため息を吐く。

そんな俺に時雨は心配そうな視線を送ってきた。

「おにーさんいいんですか？　自分の勉強はどうするんです？」

「……なんとかするよ。そこは」

こうなってしまっては基礎の見直しと割り切るしかない。

自分のテス勉は夜にやることにしよう。

……時雨と遊ぶ時間は減ってしまうけど、仕方ない。

そう残念に思っていると、

「仕方ない。私が夜に教えてあげましょう」

「え」

「嫌ですか？」


嫌なわけがない。

でもそれは時雨の負担にならないか？

そう一瞬懸念したけど、俺はすぐにそれを振り払った。

……負担かどうかといえば、もちろん負担だろう。

でも、時雨だって俺と一緒に居たいんだ。

居たいと思ってくれているから、提案してくれている。

その事実に一片の疑いも持たないほどに、俺たちの絆《きずな》は強くなっていた。

だから遠慮なんてしない。


「頼りにしてる。時雨先生」

「任せなさい」

そう言うと時雨は知的な笑みを浮かべながら、眼鏡《めがね》をくいっと持ち上げるような動作をしてみせた。

カワイイ……。

こういうちょっとした茶目《ちゃめ》っ気にもときめいてしまうなんて、俺も相当惚気《のろけ》てる。

でも仕方ない。だって俺は……この子のことが大好きなんだから。

二人で過ごす時間は、いつだって楽しい。

すぐ隣に、俺のことを俺と同じくらいに大好きだと思ってくれている子がいるってだけで、とても温かな気持ちになれる。

その楽しい時間を思うと、いつ爆発《ばくはつ》するかわからない爆弾のような晴香とのやり取りで心に圧《の》し掛かった気疲れが、ほんのすこし軽くなった。

×　×　×

学校が終わった後、俺はいつも通り晴香と下駄箱で合流して、そのまま晴香の家に向かう。

晴香の部屋に入るのは、夏休みぶり。

晴香のことを異性として好きじゃなくなってからは初めてのこと。

……我ながら何とも薄情な話だと思う。

あれだけ色とか、香りとか……そこに漂う空気にすらドキドキしていた晴香の部屋。

なのに今は、……自分でも驚くほどに何も感じなかった。


唯一感じることがあるとすれば……未だに晴香に本当の事を隠してこの場にいることに対する罪悪感くらいか。

すべてを話して、自分だけ早く楽になりたい。この居心地の悪い罪悪感から解放されたい。

今この瞬間、晴香に何もかもぶちまけて、彼女を突っぱねてしまったら、どれだけ楽なことだろう。


本当に……、クソのような考えだ。

思考を遊ばせているとろくなことを考えやがらない。

こういう時は勉強だ。勉強して頭を働かせていれば、バカなことを考えなくて済む。

俺はすぐにガラス板のローテーブルの上にノートや筆記用具を広げ、準備をする。

そして、晴香の現状、何が苦手で何に躓《つまず》いて成績を落としたのか。それを知るため中間テストの内容を見せてもらうことにした。

――の、だが。

ここで俺は事態の深刻さを思い知らされることになる。


「どう、かな……？」


こ、これはひどい……。

広げた答案用紙の内容に、俺は思わず青ざめてしまう。

なんだこの成績は。

おかしい。夏休みの間、晴香は殆ど部活をしていて、そのしわ寄せで宿題が溜《た》まっていたから、俺たちのデートはもっぱら勉強会だった。その時に晴香の勉強にはみっちりと付き合ったが、ここまでひどい成績をとるような学力ではなかったはず。


……晴香は授業を聞いているのか？

実は学校に通ってませんとかないよな。

でもそう疑いたくなる酷《ひど》さ。

たぶん剛士《きんにく》の方がずっとましだ。比較対象がアレになるのは大変なことだ。

「いやぁ……これはなんとも、あれだな。教え甲斐がありそうだなぁ……」


冷や汗をかきながら、考える。

やっぱり、件のショックがこっちのほうにも影響しているんだろうか。

なんにしても、これはマズイ。

このままだと期末も確実に落とすぞ。


……しゃーない。やるか。


「晴香。これから俺のことは教官と呼べ」

「え？　教官？」

「これから俺は鬼教官になるって言ってんだ！　そのスカスカの脳味噌に必要なモン詰め込みまくってやるから、覚悟しろこのおバカさんがッ!!」

「い、いえっさー！」

「さっさと正座しろ！　まずは数学からだ!!」

「い、イエッサー!!」

自分に気合を入れるためにもそう怒鳴って、俺は晴香の勉強に付き合った。

×　×　×

ふぅむ……。

晴香の勉強に付き合ってしばらく。俺は内心で首を傾げる。

晴香の理解力はそこまで悪くない。

というか以前もこうして勉強を教えている時に思ったことだが、さすが時雨の姉妹というか要領は割といい方なんだ。

普通に授業を受けていれば、あんな点数をとるような粗末な脳味噌とは思えない。

……そういえば以前聞いたことがある。

運動部員は退部と同時に成績を落とすと。

部活をするより帰宅部のほうが勉強にあてる時間は多いはずなのに、どういうわけか成績は比例しないらしい。その人間のバイオリズムに適したサイクルが崩れた結果、パフォーマンスが上がらなくなるとかなんとか。これもそのせいなんだろうか。

「あ……っ」

ふと俺の腹の虫が鳴き声を上げる。
同時に集中力が切れて、自分が空腹だということに気付いた。
……いざ始まってみれば結構熱中して面倒を見てしまった。
案外こういうの向いてんのかな、俺。
そんなことを考えながら時計を見る。
そして驚いた。もう夜の八時になっていたからだ。

「え、マジで？」

驚いてスマホを手に取ると電源がつかない。
クソ。そういえばこのポンコツいい加減古くなってバッテリーの持ちが悪いんだった。
めんどくさくて機種変しに行ってなかったのが仇《あだ》になった。
きっと時雨や義母さんから電話が入ってきていたはずだ。

「うわぁやっちまった。こりゃ晩飯抜きかも」

「そうなの？　でもあたしが部活してた頃は毎日このくらいの時間も珍しくなかったでしょ？」

「あの頃はまだ義母《かあ》さんがいなかったから色々融通が利《き》いたんだけど、最近は夜七時には皆で飯を食うようになってたんだ」

遅刻すると義母さんの機嫌が露骨に悪くなる。そりゃもうものすごく悪くなる。

とにかく食事は家族で一緒にとりたい人なんだ。

……以前時雨から聞いた晴香の親父さんと離婚する前の話から察するに、たぶん家族バラバラでとる食事にトラウマのようなものがあるのかもしれない。

それを思うと、邪険にするのも悪い気がしている。

……急いで帰るか。

いやでも、晴香の現状は俺の想像を超えて悪い。

これは時間をかけて引っ張り上げないとダメだ。

出来ればもう少しとどまって教えたい。

……仕方ない。

「なあ晴香。なんか食いモンあるか？　出来ればこの歴史はキリのいいところまで今日中にやっちまいたいから、食いながら続きやろうぜ」

「えっと。ご飯はないけど、ポテチの大袋とチョコがあったかな。それでもいい？」

「腹に入ればなんでもいい。それと悪いんだけど時雨に晴香のスマホから今日はこっちで飯を食うってＬＩＮＥおくっといてくれるか」

「……うん。わかった。任せておいて」


これで良し。

とりあえず時雨に伝えておけば義母さんに説明しておいてくれるだろう。

しばらくするとお盆に飲み物とポテチを広げた皿を載せた晴香が戻ってきた。

「おまたせー。コーラでよかった？」

「ああ。サンキュー。じゃあさっそく続きやるぞー」

「よろしくお願いします教官」


晴香はそう言うと、……なんと自分の参考書や筆記用具をテーブルから退《ど》かして、そこにお盆を置いてしまった。

おいおい。そんなことしたら勉強が出来ないじゃないか。

そう注意しようとしたのだが、

「よいしょっと」

「……え？」

俺が口を開くよりも早く晴香は俺の隣に腰を下ろすと、ガラステーブルの上にある俺のノートや参考書を横にスライドさせスペースを確保、そこに自分のノートを広げた。

そして、俺の肩にこてんともたれ掛かってくる。

「晴香？」

「ん？　なぁに？」

「いや、なにって。なんで隣に……？」

「んぅ～。隣のほうが博道くんの声が聞こえやすいからかな」

いや違わねえだろそんなの。

なんだその時雨みたいな言い訳は。

「ダメ？」

「だ、ダメってことはないけどさ……。ノート広げにくいだろ」

「平気だよ」


平気なのか。まあ、平気なら……いいか。

正直真面目《まじめ》にやってほしいのだが、変に突っついてまた地雷を踏むのも怖い。

俺は言葉を飲み込んで、勉強の続きをすることにした。

したの、だけど――


「――つまりジョージ・グレンヴィルの砂糖法や印紙法ってのは本国の借金を植民地へ押し付けようとした政策だったわけ。当然こんなの反感を買うのは当たり前だよな」

「じー……」

「議員を選出する権利はないのに課税は押し付けられる。その理不尽さへの憤りが、代表なくして課税なしというスローガンを生んで、ボストン茶会事件、ひいてはアメリカの独立戦争へとつながっていくことになるわけだ」

「じーーーー……」

……見てる。

なんか晴香の奴、ずっと俺の方を見てる。

俺の授業に相槌《あいづち》こそ打つものの、明らかに手元の参考書を見てない。

ずっと肩に寄り添ったまま、俺の顔ばかり見てる。

この態度に……俺は少しイラっとした。

いやだって、俺は晴香に請《こ》われてテス勉に付き合ってるわけだろ。

なのに真面目にやらないのはどうなんだ。

俺にとっても今は大切な時期だっていうのに。

流石に文句を言いたくなってきた。


「……なあ晴香。お前、ちゃんと俺の話聞いてるか？」

「もちろん聞いてるよ」

「じゃあイギリスの奴隷制度廃止、奴隷貿易禁止のために尽力したクラパム派の中核議員は？」

「豊臣秀吉？」

「イギリスつってんだろ！」


確かに怒ったけど！　イエズス会にキレ散らかしたけど秀吉もさあ！

「……なあ晴香。今回ちゃんと点取らないとやばいんだろ？　真面目にやれよ」

「あはは。……実はあんまり集中できてないかも。やっぱり博道くんと二人っきりだからかな」

チクリと罪悪感を刺激されるけど、正直今は苛立《いらだ》ちの方が勝っている。

俺は晴香を叱《しか》りつけようと口を開き、

「それとも…………最近博道くんがキスしてくれてないから、かな？」

「っ――――」

言葉を、生唾《なまつば》と共に飲み込んだ。

「そんなことない、だろ。文化祭のときだって……したし」

「博道くんがしてくれないから、あたしからね。……あたしとのキス、飽きちゃった？」

「ま、まさか――」

「じゃあ、キスして？　博道くんから。そしたらね、きっと元気が出て集中できると思うの」

そう言うと晴香は目を閉じて、軽く顎《あご》をあげ、えさを求める雛《ひな》のように俺の唇を求めてくる。

一方俺は、背中に嫌な汗をかいていた。

……俺の方からキスしていない。

それは結構刺さる言葉だった。

正直、自分でも何とはなしに意識はしていた。

自分が晴香とのスキンシップを避けていることは。

だって、どんな顔して……今の俺が晴香に自分からキス出来るっていうんだ。

出来るわけがない。

でも、それを今の危うい晴香に気取られていたというのは問題がある。

仕方ない……か。


「一回だけ、だぞ。そしたらちゃんと、集中してくれよ……」


ここは形だけでも繕って誤魔化すしかない。

軽く、軽くだけだ。

時雨とするときのように、熱を込める必要はない。

触れるだけ。

晴香だってそういう口づけが好きなんだから、問題ない。

……ゴメン。時雨。


「ん……」


俺は心の中で時雨に詫びながら、時雨そっくりの晴香の顔に唇を近づけて、口づけした。

決して情熱に任せて押し付けたりしない。唇に軽く重ねるだけのキス。

でも軽く触れただけなのに、それはとても苦《にが》く感じた。

思わず仰《の》け反《ぞ》って、離れたくなるほどに。

だけど俺は必死にこらえる。

そんな態度見せたら、どんな反応されるかわからないから。

努めて唇を重ねたときと同じくらいの速度で、唇を離す。離そうとする。——だけど、

「っっっ!?!?」


その、瞬間だった。

晴香が俺の頭に抱きつくように手を回して、俺の退路を断ったのは。

離そうと思っていた唇が離れずに驚く。

でも本当の驚きはそのあとだった。

腕を回して俺の退路を断った晴香は、次いで手に力を込めて俺を自分の側に抱き寄せる。

そうして唇の肉と肉が絡《から》み合《あ》うような深いキスをすると――にゅるんと、舌を俺の口内に差し入れてきたのだ。

予想もしていなかった晴香の行動に、俺は混乱で凍り付く。

その間に、侵入してきた晴香の舌がチロチロと俺の口の中を探る。俺の舌を捕まえる。でもそこで俺は何とか混乱から立ち直って、晴香の肩を摑み力任せに引きはがした。


「は、晴香⁉　いま、今の、一体……っ」


とろりと、濡れた唇の間に唾液の橋がかかって落ちた。

その光景が今自分と晴香の間に起きたことが何なのかを示している。

晴香はちろりと、唇の周りについた俺の唾液を舐《な》めとるように舌を滑らせた。

「お礼……かな？　博道くん、あたしにいっぱい優しくしてくれるから。そのお礼」

「お礼って――ぅあ⁉」

直後、背筋が電撃でも流されたかのように痺《しび》れる。
痺れが脊髄を這いあがってくる。
なんだ。どこから。下だ。
目を向けると、晴香の白い手が、俺の内股をそろそろと這い回っている。
う、嘘だろ、晴香……!?

「だって博道くん、こういうの好きなんだよね。海に行った時、いっぱい触ったり、舌、いれたりしてきたもんね」

確かにそうだ。俺はそういうことをした。してしまった。だけど……！

「でも、晴香はそういう関係は嫌だって……！」
「うん。嫌だって言ったよ。でも……演劇部を辞めて、一人の時間が増えてから、考えたの。博道くんにならいいかなって。だって博道くんともっと仲良くなりたいから。傍《そば》に居てほしいから。そのためになら、博道くんがしたいこと、何でもしてあげたいの」

だから、

「えっち、しよっか」

「っっ――――⁉」

そう甘く囁く晴香の表情に、俺は言葉を失った。

あれだけ嫌がっていたエッチを自分から誘う晴香。

結婚も出来ない年齢で身体を求めあうような、責任を持つ力もないのに快楽だけを求めるような、遊びの関係は嫌だと強く拒絶していた晴香が、こんなことを言い出すなんて。

それだけ俺への気持ちが、晴香の中で育ってしまったということなのか。

――いや、違う。

だって晴香は……今まさに俺に口づけをしようと近づいてくる晴香の顔は、何かに怯《おび》えるような、触れただけでひび割れてしまいそうなほどに切羽詰まった表情をしているから。

それは……文化祭の時に弱音を吐きながら見せたものと同じ。

晴香はこの顔で言った。

自分にはもう、俺しかいないのだと。

だから、俺しかいないから、その俺と深くつながろうとしているんだ。

あれだけ拘《こだわ》っていた、愛の形を捨ててまで。

でもそんなことは、

「やめてくれッッ!!!!」


俺は叫ぶと、晴香を引きはがして立ち上がった。

「どうして……？　博道くんが、したがったんでしょ……？」

「……違うよ晴香。俺は、確かにあの時、海でキスをしたとき、晴香のことすごく好きになっちゃって、もっといっぱい触りたいって、近づきたいって、そう思ったけど……！　でも晴香が嫌がるようなことをしたいなんて、思ったことない……！」

そうだ。一度だってない。

俺は別にえっちがしたかったわけじゃない。

ただ晴香に……愛してほしかっただけだ。

俺が晴香しか見えないのと同じくらいに、俺を見てほしかったんだ。

あの海の夜も、花火大会の日だって。


「っ……！　だから、こんなことはやめてくれ！　晴香が今すげえ傷ついてて、苦しいのはよくわかってるけど、こんなふうに自暴自棄になったみたいな顔で、そんなこと言うのは絶対に間違ってる。そんなこと言われても俺は、嬉《うれ》しくない。身体じゃなくて、心で求めあう関係になりたいって。こういうのはお互いがちゃんと責任を持てるようになってからじゃないと嫌だって。晴香がそう言ってたじゃないか！」

「…………………」

「欲望じゃない、お互いを慈しみ合うピュアな関係。それが晴香にとって譲れない、大切なことなのは俺も晴香に怒られてよくわかってるから、だから……もっと自分を大切にしないとダメだ」


俺が晴香を騙しているから、そんな大切なものを受け取ることは出来ない。

そういう想《おも》いももちろんある。

だけど、もし俺が時雨に浮気していなかったとしても、きっとこういったはずだ。

だってこんな、弱みに付け込むような形で関係を持ったら、必ず晴香自身の後悔になると思うから。

「……えへへ。そうだね。あたしちょっと、おかしかったかも」

俺の言葉は……どうにか晴香に届いたようだった。

晴香は顔をあげると、申し訳なさそうに苦笑しながら俺に謝ってくれた。

「ごめんね。変なこと言って。あたしのために勉強を教えるために来てくれたのに……」

「いや、俺の方こそ……乱暴に突き飛ばして、ホントごめん……」

居心地の悪い沈黙。

もうとても勉強の続きをやるような空気じゃなかった。

だから、

「……なあ晴香。俺たち二人だけで勉強ってのは、やっぱり集中出来ないみたいだし……、明日からは俺の家で時雨と三人でやろうぜ。そっちの方が捗《はかど》ると思う」

「…………うん。わかった」

俺は明日からの約束をして、晴香の部屋を後にしたのだった。

×　×　×

晴香の家でひと騒動あったあとの帰り道。

俺は先ほどの晴香の表情を思い出し……暗い気持ちになった。

あんなに明るくて元気だった晴香が、今はもう見る影もない。

見てるだけで痛々しいほどだ。

……俺は時間が彼女の傷を癒《いや》してくれると思っていた。

根気強く待っていれば、俺と時雨のことを打ち明けられるタイミングが来ると。

でも……今の晴香を見ていると、とても怖くなる。

晴香はもう、立ち直れないんじゃないのか。

俺という恋人なしでは、立っていられないんじゃないのか。

そう思えてならないほどに、今の晴香は危うくて……、この嘘をやめられる日が来るのかと不安になる。

でもいつまでもこんな嘘を吐き続けていいはずがない。
……どこかで割り切る他にないんだろうか。
だけど……それでもし、……本当に取り返しの付かないことになったら……
俺には……俺には……
そこまで深く、他人を傷つける覚悟なんて、持てない。

「……はぁ…………」

ホント、どういう神経をしているんだろう。高尾みたいな奴らは。
どうして他人を、そんな無思慮に傷つけることが出来るんだろう。
あんなに明るかった晴香が、あんな風になってしまうまで。
俺には全く理解が出来ない。
だからこそただただ、憤りを感じる。
あの男さえいなければ……晴香だってあんな顔をしなかったはずだ。
明るく元気な、晴香らしい溌溂《はつらつ》とした笑顔で、今も演劇を楽しんでいたに違いない。

もしかしたら、あのバズり騒動をきっかけに、芸能界での仕事も摑んでいたかも。

そして俺も……晴香が元気だったら……こんな心苦しい嘘を吐き続けずに済んだに違いないんだ。

何もかも、あの男一人のせいでおかしくなってしまった。

憎んでも憎み足りない奴だ。


そんな恨み言を頭の中で呟いているうちに、俺は自分のマンションにたどり着いた。

丁度中から他の住人が出てくるところだったので、エントランスの自動ドアが開いたところに滑り込み、そのままエレベーターで五階へと向かう。

そして自分の家の扉を開けた。


「ただいまー」

「あれ？　おにーさん。さっきＬＩＮＥで今日は遅くなるって言ってませんでしたっけ？」

家に入ると時雨が驚いた様子でリビングから迎えに出てくる。

「ああ……うん。ちょっと、な。やっぱり二人だと非効率的だなって話になってな。明日からここで三人でやろうってことになった」

「はあ。事後承諾ですかぁー？」

「ごめんて」

「……まあそれは構いませんけど」

俺の拝み手に時雨は渋い顔をしながらも了承してくれた。

だが——

「おにーさん。姉さんと何かあったんですか？」

「——」

「いえ、言葉が悪かったですね。おにーさんにこういう聞き方しても抱え込むだけですからね。言葉を変えます。何かあったんですね。おにーさん」

流石に聡《さと》い。

勘なのか、俺の表情から読み取っているのか。

そこはわからないが、時雨はすぐにトラブルが起きた事を見抜いてきた。

「……すごいな。時雨は……何でもお見通しなんだから」

「わかりますよ。おにーさんすぐ顔に出てわかりやすいですもん」

「俺がわかりやすいんじゃなくて、お前が俺の事ばっかり見てるからじゃないのか」

「む、言いますね……。まあ否定は出来ませんが」


単純と言われた仕返しに軽口を返すと、時雨は恥ずかしそうに目を逸らした。

カワイイ。

……それはさておき、どうしようか。

晴香には時雨には強がりたいから自分が深く傷ついていることは内緒にしてくれと言われている。

でも……今日の様子を見る限り、事態はかなり深刻だ。

正直俺だけで晴香を立ち直らせることは、無理に思える。糸口が見えない。

だけど、子供の頃から晴香のことを知っている時雨なら、いい考えが浮かぶかもしれない。


「まあ、あったよ。確かに。正直俺が予想してた以上に拗《こじ》れてるっていうか、言い出せなくなってるっていうか。……なんにしてもあれだな。人を傷つけるのって、難しいなホント。誰かを好きになったのも、誰かを……好きじゃなくなったのも、どっちも初めてだから、どうすればいいのか、自分が今やっていることが本当に正しいのか、……全部よくわかんねえよ」

「……元凶の私に言えたことではないんですけど、あんまりムリはしないでくださいね」

「時雨は優しいな」

「そうじゃなくて、あたしと居るときに姉さんのことで悲しい顔をされるのが不愉快だと言ってるんです」


ムスッと頬《ほお》を膨らませ唇を突き出す時雨。

そのフグみたいな可愛《かわい》い顔を見ていると、急にキスしたくなった。


「ん――」


軽く唇を合わせる。

時雨は少し驚いたように目を丸くするが、満更でもなさそうに口元に手を当ててはにかんだ。

その手の指には……俺がプレゼントした指輪が光っている。

……胸が温かくなる。

そうだ。俺が求めているのは、こういう感情だ。

好きだから、自分がどれだけ相手のことを好きであるかを伝えたい。そして、同じ感情を返してほしい。あの海でのことも、コンドームのことも、全部。別にえっちが目的だったわけじゃない。

そういうつもりでないことは……不器用なりに必死に伝えたつもりだったんだけどな。今日の……俺の気を引くために身体を差し出そうとした晴香を見る限り、あまり伝わっていなかったのかもしれない。

考えてみればそれもまた……空《むな》しい話だった。

「まあこんな玄関先で話すようなことじゃないから、あとで話すよ」
「わかりました。ところでおにーさん、晩御飯は食べてきたんですか？」
「いや。くいっぱぐれた」
「じゃあ一緒に食べましょう」

時雨は俺の服の袖《そで》を摘《つ》まんでそう促す。

「……そういえば義母さんは？」
「ほら。二人とも週末からまたアメリカでしょう。その買い出しに行ってますよ。夜も食べてくるそうです」

「ああ……そういえばそうだったな」

「今回母さんがいなくなるのは一週間ほどですけど、……また二人きりですね。よかったですねぇ。大好きな時雨ちゃんと二人っきりですよ～。嬉しいですか？　嬉しいですよねぇ」

「……う」


ニヤニヤと、いつもの意地の悪い顔で尋ねてくる時雨。

嬉しいか嬉しくないかといえば、そりゃもう超嬉しいけど、この顔をされると素直に言うのも癪《しゃく》に障るというかなんというか――

「べ、別に嬉しいって程じゃ……」

「わたしは、と～っても嬉しいです！」

言うと時雨は、ぎゅっと、袖を引いていた手で俺の腕に抱きついて、幸せそうに頬を擦《こす》り寄せてくる。

「いや……自分だけ素直になるのはズルくね？」

「まだまだ修行が足りませんね。おにーさん」

してやったりという顔にイラっとした。

イラっとしたので、少し強引に時雨の身体を抱き寄せてにやけた口元にキスしてやる。

最初は驚いたように口を閉じた時雨だったが、唇で何度もノックをすると、観念したように引き結んだ唇を解いて俺を受け入れてくれた。


「ぷぁ……、おにーさん……最近ちょっとキス魔になってません？」

「嫌なら自慢の空手で止めたらいいじゃん」

「……いじわる……」


拗《す》ねたように文句を言う唇をまた虐《いじ》めてやる。

時雨も今度は最初から抵抗しない。

俺の背中に手を回して、受け入れる。


……俺のことをキス魔というが、原因はお前なんだぞ時雨。

だって時雨は、俺が注《そそ》いだ大好きの分だけ、同じように大好きを返してくれるから。
こんなに気持ちのいいこと、他にあるわけがない。そりゃ夢中にもなる。
そして、この気持ちよさを俺に教えたのは時雨だ。
だったらコイツには責任をとってもらわないと。

「……週末、楽しみだな」
「はい♡」

ちゃんと、……準備はしてる。
今まではずっと昼は義母さんが家にいたし、夜も音が出るようなことは出来なかったけど、
アメリカに行くならバレようもない。
期待に胸が高鳴って仕方がなかった。

EX4 双子の妹という存在

カリカリカリカリ――

どうして？
あたしは一人ぼっちの部屋で、呟く。

「どうして博道《ひろみち》くん、えっちしたくないなんて嘘《うそ》を吐くの？」

博道くんがえっちしたがったんじゃない。
だからあたしは……してあげようと思ったんだよ。
博道くんに喜んでほしいから。
博道くんに優しい嘘を吐いてほしいから。
なのにどうして、そんな優しくない嘘つくの？

カリカリカリカリ――――

どうせ時雨《しぐれ》とはえっちしてるんでしょう。

あたしと同じ声で、あたしと同じ体で、えっちさせてくれる時雨のこと好きになっちゃったんでしょう。

だってあたし、えっちを断ったこと以外に博道くんに嫌われるようなことしてないもん。

それだけえっちがしたかったんだよね。

なのにどうして断るの？　あたしを拒絶するの？

えっちしたくないなんて言って……その嘘は、誰のための嘘なの……？


時雨の、ため……？


時雨に……申し訳ないから嘘をつくの？

時雨はよくて、あたしはダメなの？

なんで？　顔も体も、全部一緒なのに。

そんなに……あたしよりも時雨のことが、好き、なの？

カリカリカリカリカリ――――

手元のアルバム。
子供の頃に撮った時雨と一緒に写っている写真。
どれだけ爪《つめ》でひっかいても、消えてくれない、自分と瓜二つの存在。
それを見て、思う。

「邪魔だなぁ……邪魔だなぁ……」

どうして自分たちはこんなにもそっくりなんだろう。
もし顔が違ったら、きっとこんなことにはならなかったのに。
神様は何を考えてあたし達を同じ顔に作ったんだろう。
そんなことするから……博道くんが間違えてしまったんじゃないか。
……それとも、
時雨は、あたしから何もかもを奪うために、そんな顔で生まれてきたんだろうか。
あたしのフリをして、あたしの大切なものを盗むために。

カリカリカリ、ブチッ!!

……何かが裂ける音。

手元を見下ろすと、写真をひっかき過ぎた爪が割れてめくれていた。

とろりと血が溢れて、時雨の顔に血だまりを作る。

血だまりで、時雨の顔が、見えなくなる。

あたしと爪二つの顔が――

「ああ、そうか……」

それを見て、あたしは思い至る。

わかってしまえば簡単なことだった。

時雨はあたしのフリをして、あたしの大切なものを奪おうとしている。

だったら、あたしだって、同じことをしてやればいい。

あたし達は双子なんだから。

博道くんがどうしても時雨が良いっていうなら――

「あたしが、時雨になればいいんだ」

×　×　×

「――――――」


私は一人、ベッドの上に寝そべり考える。

夕食の時に兄から聞いた、姉の状態について。

文化祭の日。私はクラス委員だから最後の方しか一緒に回れなかったが、どうやらあの日、姉は兄に自分がとても傷ついていて、心配させたくなかったから無理をして明るく振舞っていることを打ち明けたらしい。

それ自体は、まあそれも当然か、という気もする。

姉は元々そんなに気が強い女子じゃない。繊細で泣き虫なほうだ。

大の大人に脅迫なんてされたら、精神的にまいってしまうのも不思議じゃない。

ただでさえ高尾《たかお》は姉にとってトラウマとなっている人物なのだから。

だから、誕生パーティーのあと、私達に見せていた明るい振る舞いすべてが演技だったというのは、納得できなくはない。

そして……その心の傷を慰めるために、兄により一層の愛情を求め、兄の気を引くために身体を差し出そうとした今日の行動も、その心の動きと何ら矛盾するところではない。

――でも、

死んでしまう。


姉が口にしたらしい言葉に、私はとても大きな違和感を覚えた。

……これは、ある種脅迫のような言葉だ。

この一言を口にしたら最後、兄が与えてくれる愛情は、可哀そうな自分に気を使ってのものではないのかという疑問が、常について回るようになってしまう。

姉が求めているだろう、ピュアな真実の愛とやらに、不純物が入る。

……あの留守電で姉が語った恋愛観。

正直私には全くと言っていいほど理解できない代物だったが、姉なりの考えに基づいた、姉にとって譲りがたい思想なのは伝わってきた。

そんな姉が……兄の気を引くためとはいえこんな強い言葉を使うものか？

それは本末転倒なのではないだろうか？

……いや、まあ、そもそも兄の心はすでに姉から離れているから、今更真実の愛もなにもあったものじゃないのだが――


「……………………もしかして」


だからこそ、なのだろうか？

もしかして姉は、……私と兄の関係に気付いている？

気付いているから、真実でなくなってもいいから、嘘でもいいから、兄を自分の下へ縛り付けようとしているのか？


……考えすぎかもしれない。

単純に、今更自分と同じ顔をした女が、自分の恋人と一緒の家で生活しているということに不安を感じて、つい強い言葉を使ってしまっただけかもしれない。

以前誕生パーティーの席で私に見せた彼女アピールと同じで。

だけど――

もし、万が一、どういうきっかけかはわからないが、気付いていたとしたら、

気付いたうえで、兄に脅迫じみたことを言ってきたのだとしたら、

もう姉は、なりふり構っていないということになる。

「――――」

真実の愛とやらもかなぐり捨てて、兄を傍に置きたがっている。

正直私の知る姉のイメージでは想像がし辛《づら》い。

だけど才川《さいかわ》晴香は、……姉の彼氏であることを知っていたくせに、気持ちを抑えられなく

なって、なりふり構わず奪い取りに行ったこのろくでもない女の姉だ。

一皮むけばどうしようもないほどに身勝手な人間なのかもしれない。

ほら、何しろ私達は双子だから。

……一度私が探りを入れてみるべきだろうか。

もし万が一、この予感が当たっていたら、……もう兄の手には負えない。

罪悪感という鎖で雁字搦《がんじがら》めにされて、身動きが取れなくなる姿が容易に想像できる。

彼は自分のために他人を傷つけられないから。

きっと彼は嘘を吐き続けて、その都度に疲弊《ひへい》して、自分を責め続けるだろう。


……それは不愉快だ。

私の前で、姉のことで落ち込む兄を見るのは、本当に気分が悪い。

私は兄をいっぱい幸せにしてあげたいんだから。


やはり、一度話してみよう。

思い違いかもしれないが、それでも。

兄自身がケジメをつけたがっていたから、私は今回あまり姉に対してアクションを起こさなかったが、姉がすべてを察した上でなりふり構わず兄を縛り付けることを選んだのなら、これは私が戦うべき戦争だ。

こっちだって、諦《あきら》めてやるつもりなんてもうないのだから。


そんなことを考えていると、枕元《まくらもと》に置いてあったスマホが震えた。

ＬＩＮＥの通知だ。

送り主は……まさに、今私が話さなければと考えていた姉だった。

『ねえ時雨、今週末、ウチに泊まりに来てくれないかな？』

『ほら、この間の誕生日パーティーはパパを仲間外れにしちゃったでしょ』

『パパだって、時雨におめでとうって言いたいと思うの』

あの誕生パーティーからはもう一ヵ月ほど経《た》つ。

ずいぶんと今更な誘いだ。

でも、姉と話をするには丁度いいきっかけだ。

『わかりました。今週末ですね。楽しみにしてます』

私はこれ幸いと、承諾を返した。

第四十話　さよなら×ラブストーリー（前）

週末、私は兄を一人家に残し、泊まりの荷物を手に姉の家を訪ねる。

この家に来るのも久しぶりだった。

一学期の間は割と頻繁に訪れていたのだが、私が兄に恋をしてからというもの、あまり積極的に近寄りたい場所ではなかったからだ。


チャイムを押すと、父が私を出迎えてくれた。

父の顔を見るのは、姉が救急病院へ運ばれて以来だった。

父は嬉しそうに私を家に招き入れる。

招きに従いリビングに入ると、姉がテーブルの上に宅配ピザのチラシを広げて待っていた。

どうやら晩御飯はピザらしい。

食べたいものを注文しなさいと父に言われ、私と姉はどのピザを注文するかを相談し合う。

そうしているうちに、ふと私は意外な事実に気づいた。

……そういえば、宅配ピザって食べたことないかも。

だって、高い。

そもそもウチは貧乏だったので、こんな高いものそう滅多には食べられない。この値段を出すなら外食に行く。

そのせいか味の想像がつかないものが多い。

プルコギピザってなんだ。ホワイトソースのピザというのもなかなか謎《なぞ》だ。

まあこういう時は知っている人間に任せるのが一番だろう。

私は素直に自分の無知を姉に話すと、

「じゃあ色んなのが入ってるミックスにしようよ」

と、四つピザが合体しているものをチョイスしてくれた。

なるほど。そういうのもあるのか。

私達はその合体ピザとフライドチキンを注文する。

到着まで一時間くらいかかるかなと思っていたのだが、三十分ほどでピザは届けられ、私はその迅速さに感動を覚えた。

私達はさっそくピザをテーブルに広げ、チーズが固まらないうちにいただくことにする。
私が真っ先に手を伸ばしたのは、プルコギピザだ。
正直かなり気になっていた。どんな味がするんだろう。合うのか。その二つは。
懐疑的になりながら、口に運ぶ。
咀嚼《そしゃく》すると、濃厚な甘辛ソースとチーズが絡み合って、これはなかなか……

「へー。おいしーっ。宅配ピザって初めて食べたけど、結構おいしいんですね」

プルコギがピザに意外と合うのも驚きだが、それ以前に土台となっているピザのクオリティ自体も高い。まあ相応に値段も張るわけだが、チラシについていた割引チケットを使ってたまの贅沢《ぜいたく》に食べる分にはなかなかアリかもしれない。

「時雨《しぐれ》は食べたことなかったのか」

驚く父に頷《うなず》きを返す。

「ええ。家に入ってるチラシ見て、子供の頃食べてみたいなーって思ったことはありましたけど、思っただけでしたね。うち貧乏でしたし」

「母さん大学の事務をやってるって聞いたけど、そんなに稼ぎが悪かったのか」

「いいえ、その職に就いてからはある程度貯金も出来るようになりましたけど、私が小学生の頃はずっとアルバイトだったのでそんな贅沢出来ないですよ。お父さんも知ってるでしょ。お母さんの学歴は」


母は高校生の頃、バイト先でスカウトを受けてそのまま卒業と同時に芸能界へ入った。

大学卒でも新卒を逃せば冷や飯を食わされるのがこの国の社会構造だ。

高卒、しかも芸能活動なんてヤクザな職歴を持った女なんて大抵どこも雇いたがらない。

……まあ今考えてみれば、低収入ではあったのだが、ただのアルバイトにしてはすこし稼ぎが多すぎた気もするが。


もしかしたら私に内緒で水商売もしていたのかもしれない。

母の手札で一番強いのはやはり容姿だから。

とはいえそんなものを詮索《せんさく》しても誰も幸せにならないし、仮にそうだとしても、離婚したとはいえ元夫に話すようなことじゃない。

私はそこには触れずに「だから頑張って節約してたんですよ、私」と胸を張る。

「おかげで私の家事スキルはもう十年選手です。今すぐにでもお嫁に行けます」

「時雨料理上手いもんね。あ、コーラのおかわりいる？」

「ありがとうございます。姉さん」


私は礼を言って姉にコップを渡した。


「そうか。……時雨は苦労してたんだな」

「あ、いえ、確かに贅沢こそあまりしませんでしたが、お母さんはちゃんと私にお金をかけてくれましたよ。女の子だからって服は結構いいものを着せてもらいましたし、私が通いたいって言ったら空手教室も通わせてくれました。なので苦労というほどのことはなにも。極々《ごくごく》普通の母子家庭ですよ」

「……それならいいんだが。でもいくら出張があるからって、面識のない高校生の男女に二人暮らしをさせるっていうのはどうなんだ。父さんはあんまり感心しないな」


父の言葉の端々から母に対するトゲを感じる。

……いや、考えすぎか。

実際私たちくらいの年齢の男女を、いくら再婚して戸籍上の兄妹になったからと言って二人暮らしさせるのは傍《はた》から見れば監督不行き届きと言われてもなんらおかしくない。

まあ、姉に早く再会したいからと、そうなるよう仕組んだのは私だが。

それを打ち明けて母の名誉を守るのも考えたが、あまり続けざまに反論されるのも癪《しゃく》だろうし、なによりこの話をすると母が父と離婚して私達姉妹を生き別れさせたことに負い目を感じていたことも話さないといけなくなる。

せっかく元家族で集まって美味しいピザを食べてる席でやるような話題じゃない。

「あはは。まあ一番の被害者はおにーさんですよね。恋人と全く同じ顔の妹がいきなり出来たんですから。おにーさんの驚きようはなかなか楽しかったですよ」

私は自分の所業についてはすっとぼけ、それとなく話題を変えることを選んだ。

これに父は少し気の毒そうに笑う。

「ああ確かに博道《ひろみち》君は大変だったろうな。ちゃんと兄妹として上手くやれているのか？　なかなか難しいだろう。彼女と同じ顔の妹に接するのは」

「確かに最初はぎこちなかったですけど、今ではずいぶんと私も雑に扱われるようになりましたよ。姉さんは丁寧に扱うくせに、差別ですよねコレ」

「はは。それだけ気が置けない関係になれているということか。晴香《はるか》としては少し嫉妬《しっと》もするんじゃないか?」


おおぅ……なかなか危険球を投げてきますね、お父さん。

もちろん父としては悪気はないんだろう。彼は『私が姉の彼氏に手を出そうとするはずがない』という当たり前の前提に基づいて話をしている。そう確信させられるほどに、私は彼らの前でよく出来た妹だったから無理もない。


でも、今の姉はどうなのだろうか。

それを測るのが、今日私がここに来た目的でもある。

気になり、私は姉の顔を窺《うかが》う。

姉は、朗らかに笑った。

「アハハッ。嫉妬なんてするわけないよ。だって妹と彼女は全然違うもん。まあ他の知らない女の子だったらちょっとしちゃうかもしれないけど、そこは時雨だからね、むしろ安心かな。

時雨があたしの彼氏に変なことするわけないし。ねえ？」

「ええ、もちろん」

「なるほど。確かにその通りだな」

「まあだからこそ、変に気を使わないで最初から正直に話してくれてたらよかったのにーとは思うけどね」

「……ごめんなさい」

「うむ。許そう！　アハハッ」


……私の考えすぎだったのだろうか。

兄曰《いわ》く、この姉の態度は強がりらしいが、私には彼女の真意が見えない。

少なくとも、姉が私と兄の関係に気付いている気配は感じられない。


「そういえば今初めて聞いたけど、時雨、空手を習ってたのか？」

「ええ。小学生の頃に少し。興味があったので」

「意外だなぁ。時雨がそんな男の子みたいなことをしたがるなんて――」


そのあと、ピザを食べ、コーラを飲みながら、私が離れ離れになっていた間どういう生活を送っていたかの話題を中心に、久しぶりの父と姉と私、三人の団欒《だんらん》は続いた。

そうしているうちに姉への疑念はやっぱり私の思い過ごしだったと思うようになって、素直に父との食事を楽しむようになっていった。

その最中だ。


「────、ん」


ふわりと、突然意識が靄《もや》に包まれるような眠気が、私に襲い掛かってきた。

その感覚は瞬く間に全身に気だるさとなって広がる。


「時雨。もしかして眠いの？」

「……ん、いえ……そんなことは……」


ない、と思う。

私はぼやける目を擦《こす》って、時計を見上げる。

まだ夜の九時くらいだ。

私は割と朝が早いので夜も早く寝るほうだが、それにしたって健康的すぎる。

「ふぁぁぁ～……」


でも自分でも驚く程大きなあくびが出て、私は納得せざるを得なくなる。

ねむい。

疑いの余地がない程眠い。

抗《あらが》いがたいくらい、眠い。

そんなに疲れていたのだろうか。

疲れるようなことをした記憶なんてないのだが。


「あはは。大きなあくび。パパ、お風呂《ふろ》って沸《わ》いてたっけ？」

「いや。まだだな。まあそんなに眠いなら明日の朝、帰る前に入っていけばいいんじゃないか」

「だね。その調子じゃ髪を乾かす前に寝て風邪ひきそうだし。ほら、ベッドまで連れてってあげる」

「……はい。ありがとうございます…………ごめんなさいお父さん……せっかく泊まりで遊びにきたのに……」

「晩御飯を一緒に食べれただけで十分だよ。気にせずゆっくり休みなさい」

「ん…………」

私は差し出された姉の手を取って、部屋まで案内してもらう。
そしてベッドの上に横になった。
そんな私に姉がそっと布団《ふとん》をかけてくれる。
ありがとう――と言おうとした口は、もう動かなかった。
すさまじい眠気だ。
いったいどうしてしまったのだろうか。
流石に自分の状態に疑問を感じる。
でもすぐにそんな思考さえ闇《やみ》に落ちて行って――

――おやすみなさい。時雨。

意識が消える最中、姉の……妙に冷たい声が遠くに聞こえた気がした。

×　×　×

「……ひ、くしゅっ!!」


体の震えと、反射的に出たくしゃみで、私は不意に目を醒《さ》ます。

身体を起こし、周囲の薄闇《うすやみ》に目を向ける。

見慣れない部屋だ。

でもそれがすぐに姉の部屋だと思い出す。

そうだ。私は三人で一緒にご飯を食べている途中、急に眠くなって、姉にベッドまで連れてきてもらったんだ。


「姉さん……？」


目を擦りながら、姉を呼ぶ。

だが返事はない。というか、そもそもこの部屋には自分以外人の気配がない。

まだ姉は父と一緒にいるんだろうか。

一瞬そう考えたのだが、視界の端に映った目覚まし時計の針の位置に、違和感を覚えた。

時計の短針は、三時を指している。

窓の外から一切《いっさい》の明かりが差し込んでいないのを見るに、これは深夜の三時だ。

いくら週末だからってそんな時間まで父親と過ごすだろうか？
この部屋にはテレビもあるというのに。

「っ……くしゅっ！」

また身体が震え、くしゃみが出る。
寝冷えでもしてしまったのだろうか。
全身に感じる寒さに、私は反射的に自分の腕で身体を抱いて、

「…………………え？」

その段になって、自分が下着しか身につけていないことに気が付いた。
……どうして？　なんで裸になってるの？
わからない。
風呂に入って、そのまま――いやそれはない。
そうなるといけないからと、姉にベッドに連れてきてもらったはずだ。
このベッドに入ったときの記憶はずいぶんとあいまいだが、服は着ていたはず。

となると、

「姉さんかお父さんが……脱がした？」


一体なぜ。どっちの仕業でも理由がわからない。

そもそも私の服はどこだ。

私は探そうとベッドから出て、立ち上がる。

立ち上がることで視点が高くなって――


「――――！」


姉の勉強机の上に無造作に置かれた、違和感を放つ二つの物に気付いた。

一つは大きな本。

机の上に本があること自体は不思議ではないが、その本は強烈な違和感を放っている。

置き方だ。

机のちょうど真ん中に、測ったように置かれていて、読まれた形跡がないのだ。

読んだ本を片付けずにそのまま放置したのではなく、誰かに気付かせるために置いたように。

そしてもう一つは、存在そのものが強烈な違和感、異物感を醸し出している。

ピンクのシートに入った、錠剤。

ゾルピデム酒石酸塩10㎎

目を凝らして読み取ったその名前に、私は覚えがあった。

これは、離婚して間もなく、自分のしてしまったことへの後悔、私達への罪悪感、そして将来への不安から不眠症になっていた母が飲んでいた――『睡眠薬』だ。


「…………」


私の中で、一度消えかけた疑念が急速に像を結び始める。

すべての答えを求めて、私はその隣に置かれた――『ＡＬＢＵＭ』と表紙に書かれた大きな本を開いた。

答えはやはり、其処《そこ》にあった。


「そう。気付いていたんですね。――姉さん」

アルバムの中に並ぶ、私と姉さんの子供の頃の写真。
そこに写る私の顔が、マジックでぐちゃぐちゃに塗りつぶされている。
その行為、そしてこのアルバムをここに置いた行動に込められた意志は明白。
これは姉から私への、――絶縁状だった。

「…………」

となると、思い当たる姉の行先は一つしかなかった。

×　×　×

「あー萎《な》える。マジクズおましかでねぇんですけど」

週末の深夜。
親父と義母さんはアメリカ出張、時雨は晴香の家にお泊まりで、家に一人になった俺は居間のテレビで友衛《ともえ》と剛士《たけし》の二人と通話しながら、久しぶりに三人でゲームをしていた。

『あ、待って。ワシ神おまツモったかもしれんわ』

『マジ？　どんなのよ』

『弱点特攻2、攻撃2』

「は？　死ねよ。なにひとりでゲームクリアしてんのお前」

『卒業おめでとう。ちなみにスロは？』

『……ゼロ、じゃ』

「ハハハッ。留年オメ」

『また一から頑張ろうな！』

『ああああああもういやじゃぁぁああッッッ!!!!』

『で、どうする？　まだ回す？』


友衛の言葉に俺はちらりと時計を見やる。

もうすぐ深夜の三時に差し掛かろうとしていた。

確か始めたのが夜の八時くらいだったから……、少し遊びすぎたな。

「いや、いいキリだろ。……テス勉の息抜きのつもりだったのに流石にガチりすぎたわ。久しぶりにやるとやっぱおもしれーな」

『時雨ちゃんと暮らすようになってから、あんまりこの三人で夜遅くまでゲームってのもやらなくなったからね』

「特に最近は親も戻ってきてたからなー。居間にしかテレビねーから、遅くまで遊んでると親がうるさくってな」

『バイトの金で買ったらどうじゃ。一人部屋もらったんじゃろ』

「んー……、いややめとくわ。やっぱあると使っちゃうし。たまの息抜きならいいけど、受験シーズンに導入するのは危険過ぎる」

『ああやめろやめろ。受験なんて、憂鬱《ゆううつ》な話を思い出させるんじゃないわ。……はぁ……、なんで受験なんざ受けねばならんのじゃ。ワシはもう一生筋肉と対話して生きていたい』

「無茶言ってんな」

『いや別にいいんじゃない？　大学出なきゃ死ぬってわけじゃないでしょ』


そのあと俺たちは少しだけ雑談した後、チャットを切った。

俺はゲームと散らかしたポテチの袋やペットボトルを片付けてから、歯を磨いて、ベッドに入った。

寝入ろうと目を閉じると、耳が痛くなるような静寂の中で、時計の秒針が動く音がやけに大きく響いている。

……静かだ。

家に誰もいないと、こんなにも静寂《せいじゃく》が耳に刺さるのか。

こんな静かな夜は……久しぶりだ。

時雨が俺の妹になって、一緒に住むようになってから、夜はいつだって時雨の気配がすぐそこにあった。

最近も……俺たちは深夜、親に隠れて密会を繰り返している。

ただベッドの中でおしゃべりするだけの時もあるが、人抵はそれだけじゃ収まらない。

一度キスをすると、大抵はもうどっちかが我慢できなくなって……それで……


「う……」


俺は窮屈な感覚に布団をめくり、自分の下半身を見る。

……見事なテントが出来ていた。

思い出しただけでこれとは元気な奴だ。他人事のように呆《あき》れてしまう。

でも仕方ない。最近の時雨はなんというか、ちょっとヤバイから。

……最初は割と互角だったんだけどな。

お互い異性の身体に触るのなんて初めてだったから。

ただ一ヵ月ほど経ったあたりから明確な優劣……みたいなものが出始めた。

要領のよさや観察力の差が出始めたというべきか。

俺も知らなかったような俺の弱点を全部暴《あば》かれてしまった。


そうなると大変マズいことになる。というかなってる。

なぜなら、時雨という女の子は、もうこれは俺は重々承知のことだが、Sだから。

普段は優等生なのだが、好きな人間に対してはとことん意地が悪くなる。愛情表現が基本的にサディスティックなんだあいつは。困ったことに。


特に……三日前は、本当にひどかったな……。

流石に時雨もやりすぎたとガチで反省したのか後で平謝りされたが、俺の性癖がおかしくなってしまったらアイツはちゃんと責任をとってくれるんだろうか……。


「うっ～～～～」

……そんなことを考えていると、もう股間のテンションが取り返しのつかないところまで高まってしまった。

こんなのもう寝返りも打てない。

気持ちの方もムラムラして仕方がない。

時雨の匂《にお》い、形、柔らかさ、気持ちいいときにしか出さない声——

この一、二ヵ月で脳に焼き付いた情報が一気に噴き出して思考を埋め尽くしてくる。

そもそもこの週末は、親がアメリカに行っていなくなるから、時雨と……ちゃんとしたエッチをしようって話だったんだ。

それが時雨が晴香の家に泊まりに行くことでお流れになってしまった。

俺は仕方ないと納得していたつもりだったが、身体の方は納得していなかったらしい。

「……仕方ない。自分でするか……」

時雨としようと思っていた日に自分一人でなんて空しいけど。でも一旦《いったん》毒抜きしないと眠れないから。

俺はズボンに手をかける。

──そのときだった。

「え？」

ガチャリと、玄関の方から鍵《かぎ》が開く音がした。
次いで扉の開く音も。
この部屋の扉は薄いから音が良く聞こえる。
入ってきた誰かは今、玄関で靴を脱いでいる。
そして、廊下を歩き始めた。

「時雨か？」

俺は声をかけた。
すると、俺の部屋の扉、そのドアノブが外側から回されて、

「はい。ただいまです。おにーさん」

開いたドアの隙間《すきま》から時雨が顔をのぞかせた。

×　×　×

「まだ起きてらっしゃったんですね。おにーさん」

深夜に帰ってきたのはやっぱり時雨だった。

いやまあ、親が二人ともアメリカに行ってる今、家の鍵を持っているのは俺と時雨しかいないんだから、当たり前といえば当たり前なんだが。

ただ……俺は驚いた。だって、

「どうしたんだ。確か今日は晴香の家に泊まってくるはずじゃなかったか？」

確かにそう聞いていたから。

これに時雨は部屋に入ってこっちに歩み寄りながら、答えた。

「はい。そのつもりだったんですけど、どうしてもおにーさんに逢いたくなってしまって」

あ、逢いたくって。
少しドキッとしてしまう。
俺だって時雨を想って今の今までムラムラしてたから。
もしかして時雨もそういうことなのか？
……いやでも、今何時だ。深夜の三時過ぎだろ。
電車も止まってるような時間だ。一体どうやって帰ってきたっていうんだ。
タクシー？　いくら逢いたいからってそこまでするか？
もしかして、

「もしかして晴香と、何かあったのか……？」
「まあどうでもいいじゃないですか。あんな人のことなんて」

ど、どうでもいい、って……。
なんだかずいぶんと乱暴な言葉だ。
やっぱり、何か時雨の様子がおかしい。
でも追求しようとした声は、時雨の唇で塞《ふさ》がれた。

「んっ…………し、時雨……⁉」

「おにーさんは、姉さんなんかよりあたしの方が好き。そうでしょう？」

「そ、そりゃ……そうだけど……」

「……だったら、あんな人のこと忘れちゃいましょうよ」

「忘れる、って……」

「おにーさんには、あたしだけを見ていてほしいんです。ダメですか？」

「そんなことはない、けど……。なんか言葉に棘《とげ》がありすぎないか？　ホントにどうしたんだよ。晴香と喧嘩《けんか》でもしたの――――、ッ⁉」


言い切る前に、俺は凍り付いた。

俺の目の前で、時雨の腰から、スカートがばさりと床に滑り落ちたから。

いや、スカートだけじゃない。スカートの内側には部屋の薄闇の中でも白く映る布が引っ付いている。それはもう間違いなくパンツで――え、えぇぇえっ⁉

「ちょ、ちょっと時雨さん⁉　なに、なんでそんないきなりやる気満々なの⁉　マジでどうしたんだよ⁉　なんか変だぞお前⁉」

「変じゃありませんよ」

「イヤ変だ！　変です！　いつもだったら無駄に焦らしまくってくるくせになんで――」

「……だって、せっかくお義父《と》さん達がいなくなったのに離れ離れなんて、寂《さび》しいじゃないですか。それとも……おにーさんは寂しくなかったんですか？」

「い、いや……そりゃ俺も寂しかった、けど――」

いや、うん。確かに――寂しかった。

実際時雨のことを想いながら、自分でしようとしていたわけだし。

今も、テントは張りっぱなしになっている。

そうか。そう考えたら……俺も時雨も、似たようなもんなのか。

男が好きな女の子のことを考えて頭がエロイ事でいっぱいになってしまうみたいに、女にだってそういうのがあるのか。俺は女じゃないからわからないけど。

でも考えてみたら時雨もわりと衝動的に動く時があるタイプだ。

最初俺の唇を勝手に奪った時もそうだった。

だったら……別にヘンということもないのかもしれない。

こうなってしまうタイミングみたいなものが時雨にもあるんだろう。

「…………」

なら――いいか。

俺だって今日は時雨としたかったんだ。ずっと楽しみにしてた。実際体の用意も出来てるわけだし。

こんだけムードとかなんもないのも正直どうよって気もするけど、こんな時間に俺を求めて帰ってきてしまうくらい、時雨の気持ちが高まっているのなら、今がいいタイミングなのかもしれない。それに……そんな不合理なことをするくらい求められるというのも、少し嬉しい気もするし。

俺は、覚悟を決めた。

「じゃあちょっと待ってくれ。ちゃんとゴムは用意してるから」
「そんなの必要ないですよ」

そうか。そんなの必要ないか。

時雨はそこまで俺の事を好きでいてくれてるのか。じゃあいいか。

「って良いわけねえだろ⁉　何言ってんの⁉　やっぱどう考えてもおかしいぞ時雨！　マジでどうしたんだ一体‼」

俺は慌てふためく。
でも時雨はそんな俺にかまうことなくベッドに上がり込んで、俺に圧し掛かった。

「……好きなんです。おにーさんがいないとダメなんです。だから離れないでください。あたしを捨てないで、ください。あたし、おにーさんのためならなんだって、なんだって出来るんですから」

ぞわりと、股間から刺激が背筋を這いあがってくる。
ズラされたスウェットの隙間から飛び出した俺の準備万端のモノが、何かに擽《くすぐ》られる。
暗くてよく見えないけど、たぶん時雨の陰毛。
それが当たるほどに、俺たちは近づいてしまっている。

——本気だ。

本気でやる気だ。時雨は。ゴムなしで。

それは俺にとってあまりにも理解しがたい違和感だった。

だって、時雨はその辺のリテラシーはかなり高い方だ。

今もし万が一、生でやって、時雨が妊娠するようなことになったら、俺たちの生活は取り返しのつかないことになる。

何しろ俺はまだ学生だ。そんなことをして責任なんてとれるわけない。

時雨は優しいから、いつだって俺の事を一番に考えてくれてるから、だからこそ、こんなことするわけないんだ。

俺に、背負いきれない責任を負わせることなんて。


変だ。時雨が変というか、なにかもっと、もっと大きな何かが間違っている。

俺は何か、とんでもなく大きな勘違いをしているんじゃないか。

そんな直感がして、俺は目の前に迫る時雨の顔を、見た。


「――――――」

その瞳《ひとみ》にいつもの溢れんばかりの愛情は、ない。

あるのは淀み。一切の輝きを失った、濁った淀みが渦を巻いている。

見ているだけで気持ちが暗くなるような危うい表情。

俺は——それを知っている。

学童保育で初めてであった頃の、晴香と同じ顔だ。

まさか——

瞬間、俺の中に信じがたい疑念が生じて、俺は時雨の左手に視線を走らせる。

直後、疑念は確信に変わった。

だって時雨の左手には、なかったんだ。

俺たちが二人だけの時間を過ごすとき、時雨が一度も外そうとしなかった、あの指輪が。


「〰〰〰〰〰〰〰〰〰〰〰〰〰〰ッッッ!!!!」

俺は慌てて時雨を——俺に覆いかぶさる女を突き飛ばす。
そしてベッドから転がり落ちるように逃げ出して、スウェットを穿《は》き直しながら、震える喉《のど》で問いかけた。

「晴香、なのか?」

「――――――」

突き飛ばされた女は、ゆっくり体を起こす。
そして乱れた髪の奥に乾いた笑いを浮かべて、逆に問い返してきた。

「そんなこと、どうだってよくない?」

それは、肯定に等しい言葉だった。
目の前にいるのは、晴香。
その現実に、地球が傾いたような眩暈が襲ってくる。
わけがわからない。
どうして晴香が、晴香がこんなことを――

「見てよ。博道くん」

「っ⁉」

混乱し言葉を失う俺の前で、晴香は今度はスカートだけじゃなく、上着も脱ぎ捨てる。

そして、薄闇にも白く映える綺麗《きれい》な身体を晒《さら》して、言った。

「あたし達は双子だから、全部一緒でしょ。顔も、声も、身体の形も、全部全部同じ。だったら——あたしでもいいじゃない」

「なにを、何を言って……」

「ごめんね。あたしがえっちを嫌がったから博道くんは間違えちゃったんだよね。時雨に騙されて、唆《そそのか》されて、ついつい時雨に手を出しちゃったんだよね。でももう嫌だなんて言わないから。博道くんがしたいこと、全部あたしがしてあげる。博道くんが時雨がいいっていうなら、時雨になってあげるから——」


なんだ、これは。

現実なのか。今俺の目の前にあることは。

悪い夢を見ているだけじゃないのか、こんなの。

こんなのが、本当に……本当に現実なら、晴香は……知っていたっていうのか。

俺が時雨と、浮気をしていた事。

知ってて知らないふりをしてたのか。

じゃあ、じゃあ……晴香があんなに追い詰められた顔していたのは、俺に依存しようとしていたのは、高尾《たかお》のせいじゃなくて……、演劇を辞めたせいでもなくて……、

「だから、これで全部元通り、だよ。全部、全部……」


にっこりと微笑む晴香。

その笑顔は……俺が好きだった晴香の笑顔とは全く別物だ。

すり切れて疲れ切って、涙さえ枯れたような、乾いた笑顔。

そして、彼女にそんな顔をさせたのは、
あの太陽のような、見ているだけで温かくなる笑顔が、ここまで見る影もなくなったのは、
全部、全部、……俺のせい、なのか。

「あ、あああっ、うわぁあああぁぁあ!!!!」

瞬間、俺は叫び声をあげて、部屋を飛び出した。

そのまま玄関へ走って靴に足をねじ込む。

そんな俺の腰に、追いかけてきた晴香が縋りついてきた。

「まってえっ‼」

「ッ⁉⁉」

「待って！　いかないで！　どうして逃げるの⁉　時雨とはしてるのになんであたしはダメなの⁉　博道くんの彼女はあたしでしょう‼」


晴香はボロボロと涙を溢しながら、俺の身体に爪を立て、血を吐くように叫ぶ。


「だって博道くんあたしのこと好きだって言ってくれたじゃない！　あんなに大切にしてくれたじゃない！　いつだってあたしの味方になってくれて、理解してくれて、喧嘩だって全然したことないのに‼　なんで逃げるの⁉　あたしの何が気に入らないの⁉　わからないよ！　言ってくれないとなにもわかんないよおっ‼

　あたし頑張るから！　博道くんが気に入らないところ全部全部直すから！　時雨が良いっていうなら時雨になるから！　だから！　おねがいだからあたしを捨てないで‼　あたしを一人にしないでぇえっ‼」

「ッッッ〜〜〜〜〜〜‼‼」

耐えられなかった。

その血を吐くような叫びを聞くのも、変わり果てた晴香の姿を見るのも。

晴香を振り払い、家の外に飛び出した。

×　×　×

「はあっ！　はあっ！　っ、アアァッ!!」

俺は、夜の街を走る。一心不乱に手足を動かす。

「はっ、ゲホッ!!　か、ハアッ!!」

どんなに苦しくなって、せき込んでも、絶対に足を止めずに走る。

どこへ向かうのか。

向かう場所なんてない。

どこかへ向かっているわけじゃない。

俺は、ただ離れたいだけだ。

自分の罪から。自分の罪が生み出した、取り返しのつかない現実から。

そうだ、俺だ。俺のせいだったんだ。

ずっと高尾が晴香を追い詰めたと思っていた。

でも違う。晴香は俺が浮気しているのに気づいてた。いつからかはわからないけど、知ってたんだ。なのに俺は、まるで晴香をまだ好きなように振舞って、時雨とのことを隠して、そんな俺の態度が、晴香をあそこまで追い詰めた……！


「うあぁあああ!!　ああああああああああ!!!!」


叫ぶ。

自分の中から湧き上がってくる、自分自身を責める声を掻《か》き消すために。

叫んで走る。力の限り走る。

止まってしまうとまた考えてしまうから。

だけど、

「は、あ、――――ぁ、ぁ……！」

そんなの、いつまでもは続かない。
元々インドアな俺の体力なんてたかが知れている。
どういう道をどのくらい走ったのかはわからないが、俺は見知らぬ公園で力尽きた。
電灯の明かりの下、砂地に膝《ひざ》から崩れ落ちる。

「ハーッ、ハーッ、ハーッ……！」

酸欠で目の前がチカチカする。
肺の痛みと、こみあげてくる吐き気がひどい。
でも、その程度では紛れない。
俺の心の奥底から湧き上がってくる、自分自身に対する嫌悪感は。

「っっうぅうぅうう～！　違う、俺は、俺はこんなつもりじゃ……！」

こんなつもりじゃなかったなんて、今更もう遅い。

取り返しはつかない。
なんてことをしてしまったんだ。俺は。
晴香が何も知らないと思い込んで、恋人のフリをし続けて、晴香を騙し続けて、
晴香は一体どんな気持ちだった……？

『博道くんが時雨がいいっていうなら、時雨になってあげるから』

俺の無思慮が、身勝手が、晴香をあそこまで追い詰めたんだ。
俺が、俺が、俺程度の人間が！　人ひとりをあんなになってしまうまで……！
だけど――

「だったら俺はどうすりゃよかったんだよッッ!!　!!」

目の前の地面に拳《こぶし》を振り下ろす。

「俺だって話したかったよ！　正直に言いたかったよッ！　だけど言えなかったんだ!!　言えるわけねえだろ！　大人に脅迫されて、落ち込んで、あんなに頑張ってた部活までやめちまっ

た晴香に、追い打ちなんてかけられるわけねえだろうが!!　晴香より時雨が好きだから、もうお前のことなんてしらねーやって！　突っぱねて！　勝手に落ち込んでろって！　そう突き放すのが正しかったたって、そういうのかよテメェはよおおお!!!!」

何度も何度も地面を殴りつける。
力加減なんかなかった。
小石の角で皮膚が裂けて、血が噴き出す。
骨が軋《きし》んで、手の甲が感じたことのない激痛に痺れる。
だけど、

「俺は晴香を騙したかったたんじゃない！　晴香の心が落ち着くのを待ってただけだ!!　それ以外に俺に何が出来た!?　俺が悪いっていうなら、そんなに俺が許されないっていうなら、どうすりゃよかったのか教えてくれよ！　クソ！　クソクソ！　クソったれぇええぇ!!!!」

その痛みが、少しでも俺を責める俺の声を紛らわせてくれるなら。
走れなくなった俺は、痛みに縋りつく。
そうしないと罪悪感と自己嫌悪で頭がどうにかなりそうだった。

そして、そんなときだ。

「――！」

俺の後頭部を、何か軽くて硬いものが叩《たた》く。

次いで俺の視界にひしゃげたアルミ缶が落ちてきて、

「おいテメェ！　さっきからギャーギャーなに一人でラリってんだ！」

「うるせーんだよこんな時間によー！」

怒声を背中に浴びせかけられた。

振り向くと、見るからにガラの悪い男達……たぶん俺より何歳か年上の男三人組が、肩を怒らせながらこっちに近づいてきていた。

男たちの背後には三台のバイク。

今の今まで気づかなかったが、この公園には先客がいたらしい。

でも――

「知るかよ……」

「あぁ？」

「アンタらには関係ねえだろうが……。どっかいけよ……！」

「「「────」」」

瞬間、三人の目の色が明らかに変わった。

×　×　×

博道くんが家を飛び出してから、あたしは玄関で一人、泣き続けた。

博道くん……どうして、どうしてあたしじゃ駄目なの？

博道くんはずっと、あたしのこと好きって、言ってくれてたじゃない。

問いかけても、何も答えは返ってこない。

なにもわからない。

博道くんが何を考えているのか、もうなにも。

もうあたしは博道くんに嫌われてしまったんだろうか。

あたしが博道くんと時雨の関係に気付いてることがバレたから、もう、優しい嘘もついてくれなくなるんだろうか。

そんなことになったらあたしは……どうしたらいいの。

捨てられるの？

もう、愛してもらえないの？


そんなの……耐えられない。


博道くんがあたしの恋人じゃなくなるなんて想像もしたくない。

絶対に嫌だ。そんなの。

でも、もうあたしに何が出来る？

自分の何が悪いのかがわからないから、博道くんが時雨のほうがいいなら、時雨になろうとした。

だけどそれも出来なかった。

これ以上何が……


――ぴちゃん。

ふと、思考の合間に水の滴る音が割り込む。
妙に大きく聞こえたその音に、あたしは顔をあげる。
立ち上がって、音のするリビングへ向かって歩く。
音はキッチンの蛇口から滴る水滴のものだった。
でも、あたしの目を捉《とら》えたのはその雫《しずく》ではなくて――

「……あはっ」

思い出す。
博道くんは……優しい人だということ。
だから、可哀そうな女の子にひどいことは出来ないということ。
だったら、簡単なことじゃないか。
あたしはもっと、もっと、もっともっともっともっともっと、
可哀そうになればいいんだ。

そしたら博道くんもまた優しくしてくれる。かまってくれる。

可哀そうなあたしを見捨てたりなんて絶対にしない。

もう嘘でもなんでもいいんだ。博道くんがあたしの傍に居てくれるなら、もうなんだって。

居なくなってしまうより、絶対にマシに決まってるんだから。


あたしは水滴を零す蛇口……の後ろ、刃物立てに並ぶ包丁を摑んだ。

薄闇の中、ギラリと冷たく光る刃。

それを、自分の手首に押し当てる。

あとは引き切れば血管がパックリと裂けるだろう。

躊躇《ため ら》いは——自分でも驚くくらい感じなかった。


「————」


でも、あたしが自分の手首を引き裂こうとした、そのときだった。

あたししかいない真っ暗な家の中に、インターホンの呼び出し音が響いた。


時間は朝の五時に差し掛かろうという頃。

そんな時間に来客？　ありえない。

もしかして、博道くんが帰ってきたのだろうか。

あたしはふと自分の中に湧いた希望に縋るように、インターホンの端末の前へ。

カメラの映像を映す液晶画面。

そこに写っていたのは、私の服を着た、——時雨だった。

時雨がカメラ越しに真っすぐあたしのことを見ている。


「…………………」


……通話ボタンを押す。

あたしが何かを言うよりも早く、時雨が口を開いた。

「そこにいるんでしょう。姉さん」

「…………」

「入れてください。おにーさんの話をしましょう。私達にはそれが必要なはずです」

第四十一話　さよなら×ラブストーリー（後）

「どうしてこんなことしたの」


キッチンに入ってきた時雨《しぐれ》に、あたしは開口一番尋ねる。

もう仲良く話をするような間柄じゃない。

この女があたしの彼氏に何をしたのか、もうわかってるんだから。

そして時雨も、あたしの絶縁状を見たんだろう。

あたしの剣幕《けんまく》に動じた様子もなく、ふてぶてしく言った。


「好きだからですよ。もちろん」

「前にあたし言ったよね。時雨が博道《ひろみち》くんのこと好きになるのなんて、許さないって」

「ええ言われましたね。でも別に、許してもらおうとは思っていません」


ッ……！

「好きなんですよ。おにーさんのこと。最初はいけないことと思いました。この気持ちが大きくなる前に、なんとかしないとって……他の誰かと付き合おうとしたりしてね。でも無理だったんですよ。自分でもびっくりするくらい、どうにもならなかったんです」

「ふざけないでッ‼」

どうにもならなかったから仕方ないなんて済ませられる話じゃない。

済まされてたまるもんか。

詰め寄ってあたしは時雨の両肩を摑んだ。

「あたしが博道くんの彼女だってことは知ってたでしょう‼　だったら無理も何もないでしょ‼　彼女がいる人を、しかも実の姉の彼氏で自分の義兄になった人を誘惑するなんて‼　時雨、自分が何をしているかわかってるの⁉」

信じてた。

二人が一緒に住んでたって聞かされた時も、時雨だったら安心だって信じてた。

あたしのあの言葉には嘘なんてなかった。なのに――――！

「許さない！　時雨のことあたし絶対に許さないからッ!!」

「どうぞ。好きにしてください」

「っ……!?」


時雨の声音。その冷たさに、あたしは一瞬寒気を感じた。

……なに、その顔は。

あたしは時雨の双子の姉だ。

何年離れていても、時雨のことはよくわかってる。

眉《まゆ》をわずかに持ち上げ、瞳の奥に青い炎を揺らす表情の意味も――

怒り。

これは時雨が怒っている時の顔だ。

時雨は怒りを叫ばない。行動にも表さない。ただ静かに相手を目で射る。

……でも、一体何に怒っている。

何に怒る権利があるというんだ。

怒っていいのはあたしだけのはずだ。

「許してもらおうと思ったことも、許されると思ったこともありません。姉さんが私に対して憤《いきどお》るのは当然のことですから。ただ——果たして私は、本当に姉さんの好きな彼氏を奪ったんでしょうか？」

「……なにを言ってるの？」

「私、ずっと、ずぅっと、姉さんに一度聞いてみたいことがあったんですよ」

「あたしに……？」

「ええ。姉さん。——貴女《あなた》の好きな人って、誰なんですか？」


いよいよ訳が分からない。

さっきから時雨は何が言いたいんだ。

そして……自分の背筋に感じる、百足《むかで》が這い上がってくるような嫌な感じはなんなんだ。

……っ。

あたしはそれを振り払うために、大きな声をあげた。


「そんなの博道くんに決まってるでしょ！」

「離婚して落ち込んでた姉さんを笑顔にしてくれて、姉さんのことをなんでも理解して、大切にしてくれる王子様だから、ですか」

「……そうだよっ。なのに時雨がっ！」

「でもおかしいですね。おにーさんは、私の前で泣きながら言ってましたよ。『晴香《はるか》と俺の『好き』が違いすぎて、晴香が俺の事本当に好きなのか、わかんない』って」


…………え？

博道くんが……？


「ウソよ！　嘘を吐かないでッ!!」

「言い切りますね」

「当たり前でしょッ！　博道くんがそんなこと言うはずないものッ!!」


あたしはすぐに否定する。

なんて安っぽい嘘なんだ。

よりにもよって博道くんがそんなこと言うなんてありえないのに。

「博道くんはいつだって、いつだってあたしのことをわかってくれた!!　ちょっと意見が食い違うことがあっても、すぐにあたしの考えを理解して、謝ってくれたもん!!　さっきからデタラメばかり言って――――！」

本当に腹が立つ。

博道くんがあたしのことを心から愛してくれたことは、誰よりもあたしがわかってる。

そこに疑いの余地なんてない。

時雨はテキトーなことを吹き込んで、あたしをまた騙《だま》そうとしてるんだ。

――許せない。

姉のあたしを騙そうとすることも、その薄汚い嘘のために博道くんを馬鹿《ばか》にすることも！

「……本当に、心当たりがないんですか？　おにーさんが貴女のために、どれだけ歯を食いしばって我慢していたか。そうすることにどれだけ疲れ果てていたか、何も覚えがないんですか？」

「いい加減にしなさいよこのッッ!!」

あまりにもしつこ過ぎる。

確かにエッチは我慢させてしまったかもしれない。

でもそんなの学生なんだから当たり前だ。

それは博道くんだって納得してくれた。納得してくれたのに、時雨があたしの顔で誘惑して、陥《おとしい》れたんだ！　そうに決まってる！

自分が陥れたくせに、それをあたしのせいにしようとするのか。

なんて図々しい。なんて厚かましい。

ただでさえ時雨に対しての怒りで煮えたぎっていた感情は、ふざけた嘘で沸点を振り切った。

あたしは右手を振り上げる。

目の前の時雨の顔を張り飛ばそうとする。

でもそんなあたしを前にしても、時雨は身を守ろうともしない。

ただただあたしを真っすぐに睨《にら》みつける。

――静かに燃える、怒りの瞳で。

……背中を這い上がる怖気《おぞけ》が、首筋にまで上ってくる。

言った通り、あたしは時雨のことをよく知っている。

だからわかってしまう。

今時雨が、嘘をついていないことが。

「っ――――」

これは嘘だ。嘘以外にあり得ない。

なのになんでそんな真っすぐな顔が出来るんだ。

まさか、本当に……

いや！　絶対にそんなことない！　あたしに愛されているのかわからないなんて、博道くんが言うわけない！　言うわけないいんだ!!　だってあたしはこんなにも博道くんのことを愛しているんだから!!

だけど――なんだろう。
我慢……我慢……時雨がさっき言った言葉――
その言葉、前に……聞いた気がする。同じようなニュアンスを――
誰かが――どこかで――……

『こんなの部外者の私が言うことじゃないから、これっきりにするけどね。その『応援』にどれだけの我慢があったのか。それを晴香ちゃんが理解出来てないようなら、君達もうそんな長いことないよ』

…………………………。

そうだ。思い出した。……部長だ。

部長が……食事に行く待ち合わせの時に、言ったんだ。

妙に真剣な、いや……悲しそうな顔で。


でも部長はどうしてこんな話をしたんだっけ。

あのときは——そうだ。確か博道くんとのデートをドタキャンして、食事会に来た話をしたんだ。そしたら部長が変なことを言い始めた。

だけど我慢なんて大げさだ。

あたしが演劇に打ち込むことは博道くんだって応援してくれてた。

あのときも博道くんは快く納得して——


『嫌だ』

……あれ…………

『だって俺の方が先に約束してたじゃんか』

……ちがう。あれ……、あれ……？

『俺、晴香と二人で花火大会に行くのずっと楽しみにしてたんだ。確かにデートは別の日でもできるかもしれないけど、花火は今日だけだろ。そっちの打ち合わせの方をずらしてくれよ』

ッッッ～～～～～～～～‼‼

「……どうやら、思い当たる節があったみたいですね」

「っ、ま、まって！　ち、違う‼　こんなの、我慢なんかじゃない！　だってあたしすぐにリスケしたもん！　ドタキャンしてほったらかしになんてしてない！　写真がバズった時にもらったお金で、二人で遊園地に行こうねって！　それも一週間二週間先じゃなくて、その次の日に‼」

そうだ。こんなの我慢でも何でもない。

実際、博道くんもこの後すぐに納得してくれた！

あたしの芸能界へ行きたいって気持ちを後押ししてくれた！

くれたんだ。

だけど――

『そう、だな。……じゃあいくか！　デズニーデート！　俺も子供の頃に一回行ったきりだから楽しみだ。彼女がいないとそうそう行ける場所じゃないからなぁ』

なんで、そんな……泣きそうな顔、してるの？

博道くん、そんな顔……してたっけ？

だって、たった一日だよ……？　たった一日……。どうしてたった一日デートがズレただけで、そんな顔するの？

そんなに私と花火が見たかったの……？

それとも、……そのたった一日が我慢出来ないくらい……あたしが、我慢させてたの……？

そして、あたしは……あたしは……

こんな顔してる博道くんに……なんて言ったん、だっけ……。

『えへへ。ありがとー。理解ある彼氏がいてあたしは幸せ者だねー』

どうして……こんなことを………

「どうしておにーさんの気持ちに気づけないのか。そんなのは簡単な話ですよ」

「っ……！」

「姉さん。貴女は別におにーさんのことなんて好きじゃないんですよ。好きでもなければ興味もないから、おにーさんが目の前でどんな表情をしているのかにも気づけない。

だって、貴女が恋をしているのは……今も昔も一人だけ。

母さん達の離婚で落ち込んでいる自分を励《はげ》まして、笑顔にしてくれた人、

今はもう姉さんの思い出の中にしかいない、学童保育で出会った頃のおにーさんなんですから」

× × ×

三対一なんて、初めから勝ち目があるわけがない。

威勢よく飛び掛かった俺はすぐに返り討ちにあって、土を舐《な》めることになった。

「オラ。最初の威勢はどうしたんだよ！　ええおい！」

「テメェの売った喧嘩《けんか》だろぉが。しっかり立てよコラァ！」

無理矢理服を摑《つか》んで引き起こされて、ボディブローを入れられる。

そのまま引き倒されて、蹴《け》りまわされる。

痛い。苦しい。

でも、今の俺にはありがたかった。

絶え間ない暴力は俺の思考を都度分断してくれる。

……なにも考えたくない。

頭が働くと、自己嫌悪と後悔が襲ってきて、おかしくなりそうになるから。

このまま気絶できれば、楽になれる……。

——でも、

「コラァアア‼　こんな夜も明けようって時間に何騒いでんだテメェらァッ‼」

突然、聞き覚えのある怒鳴り声がして、暴力の雨が止《や》んだ。

「ああ⁉　なんか文句——、うっ⁉」

「あ、姐《あね》さん……！　どうしてこんなとこに……！」

「っ――――」

頬《ほお》を地面に擦りながら顔を上げる。

虎柄のシャツにどてらを羽織った金髪の女性が、こっちに向かって歩いてきている。

中学生の頃の二年先輩で、友衛《ともえ》の彼女の、飯沢虎子《いいざわとらこ》先輩だ。

「どうしてもこうしてもねえ。そこにあたしの家があるからに決まってんだろうが！」

先輩は三人組の足元に倒れている俺を見やると、眉間《みけん》に皺《しわ》を寄せて三人を睨む。

「……テメェらなんでこんなヒョロイのに絡んでんだよ」

「い、いや違うんすよ姐さん！」

「そうですよ。元はといえばコイツのほうから喧嘩売ってきたんです」

「俺たちはこいつが騒いでるから注意しただけで……ホントですって！」

俺に対する態度とは打って変わって腰の低くなる三人。

知り合いなんだろう。

先輩の柄《がら》の悪さは中学から知ってるので、こういう知り合いがいても別に驚きではない。

でも、まさかこんなタイミングで顔見知りと逢うことになるとは。

「……わかった。とりあえずコイツにはあたしから謝っとくから、テメェらもう帰れ」

「は、はいっ！」

「失礼しますっ！　ウッス!!」

先輩は三人組を追い払うと、俺を引き起こしてくれた。

そして俺を公園のベンチに座らせ、自分のハンカチを水道で濡らして持ってきてくれる。

「ほら。とりあえずこれで冷やしな」

「ありがとうございます……」

俺は受け取って、殴られて腫《は》れた頬に当てた。

腫れて熱を持った頬が冷やされて心地いい。

こうして暴力から解放されてベンチに落ち着いてみると、痛むのは一発目にパンチを貰った頬くらいで、身体の方にはそこまで痛みはなかった。

「アイツらも馬鹿じゃねえから見たところ頭には殆ど入れてねえみたいだけど、眩暈《めまい》がしたり気分悪かったりはしねえか？」

「いえ、……大丈夫です」

「気分が悪くなったり吐き気がしたら、一応病院行っとけよ」

喧嘩慣れ、というやつなんだろうか。

蹴りまわされてるときはずいぶんと痛く感じたが、しっかり加減はされていたらしい。

「で。どうしたんだ。博道みたいなビビりがあんなのに絡むなんて、らしくねえじゃねえか。……なんかあったのか？」

「…………」

まあ当然、聞かれるよな。

普段なら目を合わせるのもおっかないような三人に喧嘩を売ったのは、自暴自棄になってたからだ。

どんな形でもいいから、心の内側から膨れ上がってくる感情を、外に放出したかった。

そうしないと、破裂してしまいそうだったから。

だけど、

「別に無理に話せとは言わねえけどよ。そんな当たり方しないといけないくらいいっぱいいっぱいなら、吐き出したほうがいいぞ。あたしは博道の交友関係の外の人間だし、友衛達には話し辛いことでも多少は話しやすいだろ」

「っ……」

あれだけ暴れても、殴られても、まるで足りない。

胸が焼けるような後悔と嫌悪で息がつまる。

もう飲み込んで胸の内で消化できるようなものじゃない。

どんな形でもいいから、吐き出したかった。

だから俺は、隣に座る先輩に、懺悔《ざんげ》するように話し始めた。

「……俺が、悪いんです」

×　×　×

「姉さんは思い出の中のおにーさんを、おにーさんに重ねて見ているだけなんですよ。男女の垣根なんてなかった頃の無垢《むく》なおにーさんを」

「ちが……っ」

「いえ、ともすればその思い出の中の王子様でさえ美化されたものかもしれませんね。どっちにせよ、姉さんは今のおにーさんのことなんて見てやしないんです」

「そんなことない！」

時雨の言葉に、あたしは必死にかぶりを振った。

そうして少しでも耳に入れないようにしないと、時雨の言葉がどんどん自分の中に入ってきてしまうから。

「あた、あたしは！　博道くんのことちゃんとわかってるっ！　時雨なんかよりずっと！　間違ってるのは時雨の方よっ!!」

「なら、どうして私のフリなんてしたんですか」

っ……!!　そ、それは……、

「おにーさんから相談されましたよ。勉強会の日のこと。おにーさんに体の関係を迫ったそうですね。でも断られた。……だからでしょう？

大方、私のフリをしておにーさんとセックスすれば、身体さえ許してあげれば、すべて元通りに出来るとでも思ったんでしょう。あの人が、自分の快楽のためだけに他人に不誠実になれる人だと考えたんでしょう」


その通りだった。

あたしは何をしてでも自分と時雨の差を埋めたかったんだ。博道くんを取り戻すために。

時雨が身体で博道くんを奪ったのなら、あたしも……。

だってエッチを拒否した以外に、博道くんが浮気する理由なんて、なにも……っ。


「本当に……──冗談じゃないですよ」

「痛っ……！」


時雨の肩を摑んでいたあたしの左手を、時雨が摑む。

手首を強く握りしめる。

骨が軋《きし》む痛みにあたしは時雨の肩から手を離し、時雨から距離を取ろうとする。

でも今度は時雨があたしを離さない。

「確かに私はおにーさんを誘惑しましたよ。私がどれだけおにーさんを愛しているか知ってほしかったから。自分に出来る限りのことをしました。姉さんよりも私を見てほしかったから。だけど、……おにーさんが姉さんを忘れたことなんて一度だってなかった。姉さんが自分を好きなのかわからなくなって、姉さんのこと忘れたいって苦しんでいたときも、……結局忘れようとはしなかった。忘れられないから、必死に貴女の『幻想』に追いつこうとしていた。

……悔しくて仕方がなかったですよ。

私ならこんな思いさせないのに。私なら私の愛情を疑わせたりしないのに！

どうして姉さんなんですか！　どうして私じゃ駄目なんですか！　私よりも少し早く出逢っただけで、どうして──っ……」

私を責め立てる時雨の声が震える。

時雨はそれを繕うようにひと呼吸置くと、

「あの人はね……、セックスがしたいからなんてくだらない理由で他人に不誠実になれるような人じゃないんですよ。そんな度胸なんてない。傷つくのも傷つけるのも怖いから、自分から誰かを裏切れるような人じゃないんです。でも、そんな人を……たった一日の空白にも耐えられないほど貴女はあの人を追い詰めた」

「うぅ……っ」

「結局姉さんはおにーさんが目の前でどんな顔をしていたかどころか、どんな人間だったかさえまるで見えてなかったんですよ」

軽蔑《けいべつ》さえ含んだ声音で言って、時雨は私の腕を離す。

「私は、何を言わずとも自分の価値観を受け入れて、ひたすら自分だけを尊重して、それを全く苦にせず自分を愛し続けてくれる。そんな王子様になんてなんの興味もありません。
私が好きになったのは、臆病で、弱くて、傷つきやすくて、……だからこそ他人を尊重しようと必死に努力する。そんな不器用な今のおにーさんです。
姉さんが私を恨むのは自由ですが、それならせめて、私と同じ人を好きになってからにしてください」

「……………………」


違う。そんなことない。時雨は嘘を吐いている。博道くんはそんな弱い人じゃない。

否定する悪あがきのような言葉も、もう出てこない。

……あたしは、もう何も言えなくなっていた。

だって、時雨の語る今の博道くんを否定しようとするほどに、あたしが語る博道くんの矛盾が露《あら》わになるから。


そうだ。矛盾だ。

博道くんが本当にあたしの信じていた通りの王子様なら……、そもそもどんな理由があっても浮気なんてしない。私を裏切るはずがないんだ。ましてや体目的なんて理由で。

でもあたしは、それを信じ込んだ。


……どうしてそんな簡単に揺らぐのか。

それは……きっと、それがあたし自身の幻想だってことを、どこかで理解していたからだろう。実体が伴っていないから、簡単に像が揺らぐ。あたしの都合に合わせて形が変わる。

じゃあ本当の博道くんは、どんな人だったんだろう。

思い出そうとしても、すべては幻想の後ろに隠れて思い出せない。

あたしは彼があたしの幻想からはみ出そうとするたびに、それをヒステリックに否定してきたから。

あたしは見ようとしたことがない。聞こうとしたことがない。

博道くんの……本音を。本当の博道くんを……だとしたら、

「……あたし、あたしは…………っ」

あたしは本当に……博道くんのことが好きだったのだろうか？

× × ×

「……つまり、時雨に浮気をしていたのを、ずっと話そうと思ってたけどなかなかタイミングが合わずに黙ってたら……いつの間にかバレていて、晴香が病んじまったってことか」

「全部……俺が悪いんです。俺が優柔不断だったから」

俺と晴香、そして時雨の間にあった出来事。

かいつまんで話した内容を整理した先輩の言葉に俺は頷きを返した。

概ねその通りだと。

これに先輩は、呆れたように深いため息を吐いた。


「なんともお前らしいな。博道」

「俺らしい……？」

「博道、気ぃ使いだからなァ。自分が正直になって、自分だけ楽になった後、晴香がどうなっちまうのか。色々想像しちまって動けなくなってるとこ、簡単に想像出来たわ」


そう指摘されて、ますます自分の意気地のなさが情けなくなる。

竹を割ったような性格の先輩には心底うんざりする話だろう。

「軽蔑、しますよね」

「いや。別に」

返された意外な反応に、俺は目を丸くする。

「博道の、他人に対して慎重すぎるくらい慎重なトコ。優柔不断といえばそうなのかもしれねえけど、ろくに何も考えねぇで他人傷つける奴よか全然いいだろ。あたしはアンタのそういうところ嫌いじゃねえよ。きっと友衛《ともえ》も、剛士《たけし》も」

「で、でも……俺が……初めから隠さなかったら……きっと晴香は……、あんな風にはならなかったかもしれないのに……っ」


これに先輩は困ったように眉を顰めた。


「それはあたしにはわかんねぇよ。あたしは晴香のことも時雨のことも一回キャンプに行っただけだからあんま知らねえし。大体人間同士の関係なんて、結局当事者同士にしかわからねえからな。タイミングとかお構いなしにぶちまけたら、もっとひどいことになってるパターンだって普通にあんじゃねえの。脅迫って割とヘビーなトラブルだし。……というか博道もそれを感じたから言えなかったんじゃねえのか」

「それは……そうですけど」

「ああ？　なんだお前。もしかしてあたしに叱ってほしかったのか？」

ドキリと心臓が跳ねる。

その反応で、俺自身も自分が叱ってほしがっていたことに気付いた。

だって俺は……あんな風になった晴香を見た後だっていうのに、時雨とのことをすぐに言い出さずに黙っていたことが、本当に悪いことだったのか今一つ納得出来ていないから。

自分で納得できなくて、整理がつかないから、他人のお墨付きが欲しかったんだ。

なんて情けない話だ。——と、俺がつくづく自分に呆れていると、

「まあでも、部外者のあたしにでもはっきりと、博道が悪いって言いきれるトコはある」

ふいに先輩の語調が、咎《とが》めるものに変わった。

「それに比べたら時雨のこと嘘を吐いたなんて些細《ささい》な問題だよ。テメェはもっとでっかいトコで間違ってる」

「どういう……意味ですか？」

晴香に本当の事を話さずに黙っていた。

それ以上の失敗なんて、俺には見当もつかない。

察せない俺に、先輩は呆れたようにため息を吐く。

「博道は晴香に色々拒絶されて、本当に晴香が自分のことを好きでいてくれるかわからなくなっちまったんだよな？　それで不安になって、苦しくなって、そんな自分を理解してくれた時雨のほうを好きになっちまったんだよな？」

「……はい」

「そこだよ。お前なんで、晴香に対する不安や不満を、晴香じゃなく時雨にぶつけてんだよ」

「ッッ……！」

「それをぶつける相手は晴香だろ。じゃねえと晴香だって自分を見直しようがねえじゃねえか」

先輩に咎められて、俺は一瞬息を飲む。

だけど、

「い、いや……でも俺は……、俺だって言いましたよ！」

そうだ。別に俺だって、何も言っていなかったわけじゃない。

キャンプで拒絶された後も、俺が晴香の身体のこと考えずエロいことしようとしたわけじゃ

ないって、散々説明したし……、ドタキャンの時も嫌だって、俺は晴香に……、

「何回言ったんだ」

「え？」

「二回か、三回か、十回か？　伝わってねーから、今テメェは自棄になってたんじゃねえのか。

……大方カッコつけたんだろ。晴香と喧嘩になるくらいなら自分が我慢すればいいって、テメェの中で一人で納得しようとしたんだろ」

「それ、は……」

確かに俺は……、何度か自分の価値観や気持ちを晴香に理解してもらおうとした。

だけど……、最終的にはいつも、俺から折れていた。

晴香と喧嘩をして嫌われたくなかったから。

でも、

「でもな、そりゃとんでもない間違いだ。いいか博道、恋人ってのはよ、この世で一番仲のいい相手じゃねえ。この世で一番――喧嘩をする相手なんだよ」

「っ……!!」

「何もかも完璧《かんぺき》な人間なんざ居るもんか。だから自分のダメなとこや相手のイヤなとこ、何度も何度もぶつけ合って傷つけあって、その角っこ削り合ってよ……少しずつ少しずつ、隣に並んで収まりのいい形に変わっていくんだ。

でも博道、テメェはそれをビビった。

ぶつかり合うこと、ぶつけ合うこと、そうすることで嫌われたらどうしようって、ビビッてイモ引いて……テメェのこと、何も言わなくても全部わかってくれる時雨に頼ったんだろ。

……晴香が大切なら、テメェは晴香にこそテメェの本音をぶつけないといけなかった。

何が悪かったっていうならよ、博道、それをやんなかったことよ」

……先輩が語る俺の罪。

それに俺は……なんの弁明も出来なかった。

自分自身でも納得してしまったんだ。

ああそうだ。俺は……ずっとずっと晴香に嘘を吐いていた。

それは先輩が言うように、話せる時期を探るために時雨との関係を隠して、晴香を偽っていたことなんて、小さな嘘じゃない。もっと大きな根幹。

俺自身という人間に関しての嘘だ。

俺はいつだってカッコつけて、理解あるフリして、俺という人間を実物以上に大きく見せようとしていた。

そうするために、本当は臆病で狭量な自分自身の本音を晴香に本気でぶつけようとしたことがなかった。

本当の自分を見せて、晴香にとっての『王子様』でなくなることで、晴香との関係が切れてしまうことにビビッたから。

あのときも――そうだ。

花火大会の前日。プロデューサーとの食事会に行きたいからデートをリスケさせてほしい。

晴香がそう言ってきたときも、俺は……最終的に自分の本音を隠した。

本音を言って、拒絶されたら辛いからって。

先輩が言うように、もっと必死で『伝えて』いたら、それこそ晴香に摑みかかってでも、俺の寂しさを主張していたら、もしかしたら……俺たちの関係はこうはならなかったかもしれないのに。

「っ…………！」

先ほどまでの『俺が悪いんだ』と思い込みたかっただけのぼんやりした罪の意識とは違う、自分自身でもはっきりと納得出来る罪悪感が心に圧し掛かってくる。

俺はなんて、取り返しのつかないことをしてしまったんだろう。

俺たちの関係がおかしくなったのは、結局、それがすべての原因じゃないか。

俺が俺という人間を晴香に、分不相応に大きく見せて、本音を話さなかった。


本音をぶつけても、受け入れてくれない。

弱くて情けない俺を、愛してくれない。

ちょっと怒鳴られて、泣かれて、拒絶されただけで、すべてを決めつけた……！

俺が、俺自身が晴香を勝手に見限ってたんだ……‼

そのくせ不満だけは溜めこんで、挙げ句が時雨への浮気だ。

クソ野郎じゃねえか……！　俺は……‼


俺は自分の本当の罪を痛感する。

俺は……晴香に謝らないといけない。

晴香との関係が拗《こじ》れたのも、晴香を追い詰めてしまったのも、すべて俺のせいだ。

だけど……、そこまでわかっても俺は、俺はもう……っ、

「でも、今更自分の失敗がわかったところで、変わるような気持ちでもないんだろ」

「……！」

「だってお前、晴香に本当の事を話さなかったことを後悔するわりには、自分が時雨に惚れたのが間違いだったとは言わねえもんな。そっちの方が問題の大本だろうに」

そうだ。そこまでわかっても俺の気持ちは動かない。

晴香に対して強い罪悪感を抱いて、謝らなきゃと思う。

だけど、やり直したいとは思えないんだ。

俺は――

「後悔しようとも思わないくらい、時雨のことが大切なんだろ」

「……はい」

「だったらよぉ！」

直後、先輩が俺の丸まった背中を思いきりひっぱたいてきた。

俺はバランスを崩してそのまま前のめりにベンチから転げ落ちる。

そんな無様な俺を見下ろして、先輩は言った。

「そこまで腹決まってんなら、最後くらい本音で話してこい。カッコつけずにテメェの腹ン中ぶちまけてこい。じゃないと何一つ始めらんねぇ何一つ終われねえだろ。テメェも、――晴香も」

「…………！」


その通りだ。

晴香にもうすべてがバレてしまった今、タイミングなんてどうでもいい。

俺がやるべきことも、やれることも、もう一つしかないんだから！

俺は跳ねるように立ち上がると、先輩にお礼を言って、尻《しり》の砂も払わずに走り出す。

一刻も早く晴香の元へ行き、……俺たちの失敗だらけの初恋を終わらせるために。

×　×　×

空がゆっくり白みはじめた明け方。

俺は家に帰るために、線路に沿った道路を走る。

どこをどう走ってきたか、それは全く覚えていなかったが、公園を出てすぐの場所に駅があったのが幸いした。

まだ始発の時間には早くて電車はなかったが、この道路を真っすぐ進めば一駅先が俺の家の最寄り駅だ。迷うことはない。


まだ晴香は家にいるだろうか。

もう帰ってしまっただろうか。

わからないけど、俺は晴香に逢わないといけない。


「――――ぁ」


そんな俺の願いが、天に通じたんだろうか。

しばらく走っていると、一直線の道の先に、こちらに向かって歩いてくる人が一人いることに気が付いた。

遠目からでも服装でわかる。――晴香だ。

俺は思わず足を止める。

一方、晴香は俯いて歩いているからか、最初俺のことには気づいていなかった。

でも、互いの距離が十メートルほどになったあたりで、自分の進む先で立ち止まっている人間の存在に気付いて、顔を上げ――

「晴香……」

「博道くん……」

俺たちは、まだ夜の暗さが残る青い町で、何かに導かれるように再会した。

……予期せぬ早い再会に、俺は一瞬たじろぐ。

でも……自分のやること、やるべきこと、やりたいこと、ここに来るまでにすべて整理をつけてきた。

だから、

「なあ……俺、晴香にずっと……ずっと、話さなきゃいけなかった、大切な話があるんだ」

俺は前置きをおかずに、晴香に切り出した。

「聞いてくれるか？」

「………………うん。聞かせて。あたしも、聞きたい」

これに晴香は、少しの沈黙のあと応じてくれる。

さっきまでの悲壮な表情ではなく、何かの覚悟を感じさせる、真っすぐな目で。

その目が、俺の覚悟に最後の後押しをくれた。

俺は――話を始める。俺の吐いていた、嘘について。


「俺、晴香をずっと騙してたんだ。それは……時雨と兄妹になったこととか、一緒に住んでたこととか……、時雨に浮気したこととか……ことよりももっと大きな部分のこと。

俺は晴香が思ってるような人間じゃない。晴香のことなんでも受け止められるような、晴香が前に褒めてくれたみたいな理解ある恋人じゃなかったんだ」

「………………」

「ずっと不満を溜めこんでた。キャンプの夜に拒絶されたあたりから。どうして俺はこんなに晴香を思うと、晴香に触れたくてたまらなくなるのに、晴香はそう思ってくれないんだ。晴香は本当に俺のことが好きなのか。……って。

演劇に関しても心から応援していたかというと、違う……。夏休みの間も部活が多くて、デートもあんまりできなくて不満だった。それが例の写真騒動でますます晴香の時間が取れなくなって、楽しみにしてた花火大会もドタキャンされて……ムカついてた」

どうして俺が譲らないといけないんだって。

俺のことが好きなら、俺を選んでくれよって。

「……そんな器の小さい人間のくせにさ、言葉だけは一丁前だった。晴香の価値観とか大して納得もしてねえくせに、内心不満たらたらのくせに、わかったふりしてさ。カッコつけて、自分を大きく見せた。……自分が晴香が望む立派な『佐藤《さとう》博道』だって見せかけるために、自分の弱さとか、卑しさとか、しょーもねえところ、全部隠したんだ」

それをさらけ出して、晴香に見限られるのが怖かったから。

「でも……それじゃ駄目だったんだ。一緒にいて辛いと思ったことは……ちゃんと伝えないといけなかった。なのに俺は……ビビッて、自分の中で勝手に納得しようとして……、あげく……時雨に、俺の弱さを受け入れて慰めてくれた時雨に甘えた。それが……一番楽に、俺の欲望を満たせたから……！」

愛してほしいという欲望を。

本当に、とんでもない間違いだ。

晴香のことを愛してるなら、俺は……晴香にこそ自分の弱さと本音をさらけ出して、愛してもらえるよう努力しないといけなかったのに。

それがどれだけ大変で、痛みを伴う道だとしても、晴香の彼氏である以上それ以外を選んでいいはずがなかったのに、俺はそれを怠った。

挙げ句、ちゃんと喧嘩もしなかったくせに、勝手に晴香を見限って、時雨に浮気した。

本当に……俺は、

「俺は、臆病で、最低な奴だ。本当にごめん……っ」


口に乗せるだけで嫌気が差す自分の弱さ、愚かさ、不器用さ。

俺は初めて晴香にさらけ出して、頭を下げる。

晴香は――どう受け取っただろう。

きっと失望したに違いない。

でもそれでいいんだ。

俺はそうされて当然の人間なんだから。

──だけど、

「……謝らなきゃいけないのは、あたしもだよ」

晴香から返ってきたのは侮蔑《ぶべつ》じゃなく、謝罪だった。

どうして。悪いのは俺なのに……。

混乱する俺に、晴香は申し訳なさそうな顔で言葉を続ける。

「あたしはずっと博道くんに自分の勝手な理想を押し付けてた。……付き合い始めたその時からずっと。博道くんは、あたしの言うことなんでも聞いて何でも受け入れてくれる王子様だって……。自分が思い出の中で美化した理想を。

自分の理想からはみ出したところは……全部無視してた。

キャンプの後もそう。博道くんがあたしのこと大切に思ってくれてるってこと、軽薄な気持ちでエッチなことをしようとしたんじゃないってこと、コンドームを用意して、言葉だけじゃなく行動でちゃんと伝えてくれてたよね。

でもあたしはそれを汚らわしいって、一方的に怒鳴って、なじって、博道くんがどういう気持ちでそれを用意してくれたのか、……少しも聞いてなかった……。

お祭りをドタキャンしたときも。博道くんが『嫌だ』ってはっきり言ってくれたのに、そんなことない、博道くんなら――『あたしの王子様』ならあたしを応援してくれるって決めつけて……博道くんの顔さえ見てなかった……。

あたしが聞いてたのは、自分が望む言葉だけ。

だってあたしの中の博道くんはあたしの望むことしか言わないから。

そんなあたしに……博道くんや……時雨を責める資格なんてないよ……。時雨は少なくとも……あたしなんかよりずっと博道くんのこと……ちゃんと見てたんだから……」

「晴香……」

「でもね！　もう気付いたの！」

晴香の語調が変わる。

泣きそうな声を無理やり明るくするように。

そして、晴香は俺に向かって歩きだす。

「あたしはもう自分の間違いに気づいたの！　だから二度と間違えたりしない！　もう二度と博道くんにあんな顔させたりしないよ！

だから博道くんも、もう遠慮なんてしないであたしに何でも本音を話してよ！　もしかしたら喧嘩になるかもしれないけど、それでいいの。きっとあたし達は、もっともっと喧嘩をしないといけなかったんだよ！

そうしてお互いの本音をぶつけて、心を見せ合って……、そしたら、さ……、今よりずっと、ずっと……、お互いを好きに、なれるから、だから――だか、ら………っ」


俺との距離が詰まるほどに、無理やり明るくした晴香の声と表情が崩れて滲《にじ》む。

ぽろぽろと涙が零れ出す。

それでも晴香は、笑顔を作ろうと頬を引きつらせながら、俺に手を伸ばした。

「博道くん……っ。あたしに、もう一度だけ、チャンスをくれないかな……？」

「――――」


晴香の想いが、後悔が、痛いほどに伝わってくる。

今……、俺がこの手を取れば、きっと俺たちはやり直せるだろう。

今度は、今度こそは……ちゃんとお互いに本音を見せ合える恋人になれるだろう。

俺たちは、お互いの間違いを認め合えたのだから。

……だけど、俺は、その手を取らなかった。

「ごめん……」

俺が勝手に晴香を見限って、時雨と浮気をしたこと。それは許されない間違いだ。
だけど、それが間違いから始まったのだとしても……俺の本音はもう決まっていたから。

「俺は、時雨のことが……好きなんだ。晴香よりも。この世界の誰よりも」

自分の未熟さで間違いを犯した俺たちと時雨は違う。
時雨は自分の意思で間違いを犯した。
双子の姉を悲しませ、俺を間違いに引きずりこんで、そこまでして欲してくれたんだ。
俺という一人の人間を。
その強すぎる執着に俺はやっと、追いつけた。
だから、俺はもう二度とあの身を滅ぼすほどの愛情に、半端《はんぱ》な気持ちを返したくない。

「別れよう。晴香」

俺はついに口にした。

本来ならもっと早く……あの花火大会の夜に言うべきだった言葉を。

これに晴香は一瞬……ほんの一瞬目を見開いて、でもすぐに、納得したように瞼《まぶた》を閉じる。


「……そっかぁ。もう反省も後悔も……なにもかも、遅すぎたんだね……」


俺に向けて伸ばされた晴香の手が、そっと下ろされる。

そうなることがわかっていたように。


「ありがとう、博道くん。最後に本音で、あたしと話してくれて」

「…………お礼なんて、言われていいことじゃない」

「ううん。ありがとう、だよ。だって……おかげであたしも、最後に自分の本音を知れたから」

「晴香の、本音……？」

「実はね……あたし、不安だったの。もしかしたらあたしは……博道くんのこと、思い出でしか見ていなくて、好きでも何でもなかったんじゃないか、って。あたしと博道くんが過ごした時間は、もう全部が全部嘘だけで、無駄だったんじゃないかって。

だけど、だけどね！　あたしはちゃんと博道くんが好きだった！　だって、……今こんなに悲しいんだもん……っ！」

「っ……！」

「最後にそれだけでも知れて、よかった……！」


晴香はくしゃりと窮屈な笑顔で言う。

そして、ここに来るまでと同じように歩き出し……俺とすれ違った。

味わったことのない苦い感情が、胸の中に満ちてくる。

……かける言葉なんて、見つからない。

いや、というより、きっともう俺には何も言う資格がないんだ。

俺はただ黙って遠ざかる足音を聞く。

でも、ふと足音が止まって、

「ねえっ！　博道くんっ！　最後にねっ、ひとつだけ本音を聞かせて！」

晴香が俺に語り掛ける。

なんだと促すと、晴香は……涙で滲《にじ》んだ声で言った。

「あたしと付き合ったこと……、後悔してる？」

瞬間、目尻が燃えるように熱くなった。
感情が涙に、言葉が叫びになって、抑える暇もなく俺という器から溢れ出す。

「してないッ‼」

それはもしかしたら、口にするべきではない言葉なのかもしれない。
俺にはもうそんな権利、ありはしないのかもしれない。
心に苦く残るだけだ。
だけど――

「苦しいことも、辛いこともたくさんあったけど……！　それでも晴香と付き合えて、すげえ楽しかった！　一人だったら絶対に知れなかった色んな気持ち、色んな楽しさを、晴香が教えてくれたから！　俺は……っ、俺の初恋が晴香で良かった‼」

今この瞬間が、俺たちが本音で話す最後の機会なら、俺は心のままを伝えたかったんだ。

だから俺は振り返って、晴香に本音を返す。

そのとき、昇り始めた陽光が建物の合間から差し込んで、晴香を照らした。

俺の大好きだった……見ているだけで明るい気持ちになれる太陽のような笑顔を。


「あたしも！　あたしの初恋が博道くんで、本当に良かったたっ！」


ああ、思えば、……俺たちは滑稽なカップルだったんだと思う。

昔の思い出を美化して、告白した晴香。

彼女が欲しいってずっと思ってたから、深く考えもせず受けいれた俺。

あのとき俺たちは、今現在のお互いをどれほど知っていた？

何も知りはしない。

お互いがお互いに、とても離れた場所で、自分勝手な夢を見ていただけだ。

そんなお粗末な関係を永遠のものと思い込んで、むやみやたらにありがたがって、ありがたがるあまり乱暴に扱うことも出来なくて、そのあげく結局壊してしまった。

とんだ空回り。傍《はた》から見れば滑稽な喜劇以外の何物でもない。


だけど、何も残らなかったわけじゃない。

この胸に残る苦さも、涙の熱さも、俺たちが拙《つたな》いなりに愛し合った確かな証だ。

俺たちは最後に、壊れた初恋の欠片《かけら》を分け合った。

今はまだ角張ってチクチクと刺さるそれが、いつか……いつか、俺たち二人の宝物に変わると信じられるから。


「ばいばい。博道くん」

「ああ。ばいばい。晴香」


そのやり取りを最後に、俺と晴香は別々の方向へ歩き出す。

俺はもう振り返らない。

晴香も、きっと。

こうして俺と晴香の、お粗末で、滑稽で、だけど必死だった初恋は、終わったのだった。

×　×　×

自分んちのマンションの前まで帰ってきて、俺は大変なことに気付いた。

そういえば……逃げるように飛び出たから、鍵を持ってきていない。

新居のエントランスはオートロックなので、締め出し確定だ。

なんてこった。

俺は頭を抱える。――と、

「おかえりなさい。おにーさん」

「え……時雨？」


俺の帰りを待っていたとばかりに、時雨がひょっこり現れた。

……いや、時雨、か？

服装がさっきまで一緒だった晴香とは違う。

けど、時雨が好む服装じゃない。


「ま、まさか……晴香じゃない、よな……？」

「だったらぁ、どうしますぅ？」


あ、コイツ時雨だわ。

今のクッソ意地の悪い笑顔ではっきりした。

こういう顔をするのは時雨だけだから。

俺はホッとして、……疑問に思う。

「あれ。なんでお前が家の前にいるんだ？」

「ええまあ、ちょっと姉さんと色々ありまして」

色々……ってことはまさか晴香、俺と逢う前に時雨に逢ってた、ってことか。

……すげえ修羅場じゃん、それ。

場面を想像すると背筋が寒くなった。

どんなやり取りがあったか聞くのも恐ろしい。

「にしても、おにーさんすごい格好ですね。姉さんもなかなか激しいなぁ」

時雨が俺をマジマジと見ながら感心したように言う。

いったい何のことか一瞬わからなかったが、自分の身体を見下ろして、その泥だらけ傷だらけの有様に、そういえばさっきまでリンチされてたんだったと思い出す。

「い、いやこれは晴香にやられたわけじゃないぞ⁉」

「え？　そうなんですか？　じゃあなんでそんなカッコしてるんです？」

「まあその……」

俺は言葉を濁した。

だって八つ当たりで喧嘩売って返り討ちに遭いました、なんて恥ずかしくて言えないし。

「ふぅん……まあしゃべりたくないならいいですけど。……でもそんなひどい有様のわりにはさっぱりした顔してますね。おにーさん」

「……そうだな」

だって、これでやっと始められるから。

「全部、終わったよ」

「――――そうですか」

その一言で、時雨はすべてを理解してくれた。

彼女は柔らかく微笑むと、そっと俺の胸に身体を寄せる。
俺は時雨の背に手を回して、彼女を抱きしめようとして——

ぎゅうるるぅぅぅうぅぅうぅぅぅうぅぅ……!!　と、ものすごい爆音で腹の虫がなった。

「え、ええ……なんでぇ……」
「……ぷっ、あははっ！　もー締まらないんですから。おにーさんは！」

俺の胸を押し飛ばして、時雨はカラカラと笑う。
……もう台無しだった。

「とりあえず、朝ごはんにしましょうかっ」
「……頼む」

でもまあいいか。
時雨が楽しそうだし。
それに、これからの俺達には、いくらでも時間があるんだから。

EX5　君がいない明日へ

……これで、よかったんだよね。

遠ざかっていく博道《ひろみち》くんの、迷いのない歩みを見て思う。

これがあたし達の在るべき結末だったんだと。


あたしと時雨《しぐれ》の差は、一緒に住んでいたぶん博道くんを知ることが出来たという、単純な距離や時間の差じゃない。

時雨は博道くんがあたしの彼氏だと知りながらも、行動を起こした。

あたしとの関係が崩壊するのも構わずに、目の前の、自分にとっての『たった一人』のために、自分が出来るすべてを尽くしたんだ。

そうして博道くんを愛し、愛されようと努力した。


……あたしにはそれが足りなかった。

そのなりふり構わない必死さが。

だってあたしにとって……博道くんに愛してもらえることは、当然のことだったから。
いつしかそれが当然のものと思い込んで維持する努力を怠った。
今になって……自分の愚かさを痛感する。
このことに……もっと早く気付いていれば……。

「ダメダメ。もう今更じゃないっ」

もう終わったことだ。
立ち止まっていても、時間は止まってくれない。
この失恋はあたしという人間をほんの少し大人にしてくれた。
思い出の欠片を胸にしまい、新しい明日へ踏み出そう。
博道くんがそうしているように、あたしも振り返らずに。

あたしは「よし」と意気込んで歩き出す。
博道くんとは反対方向の駅を目指して。
手の振りは強く、歩幅は大きく、元気に。
そして考えた。

あたしが歩いて行くこれからの明日を、どういうふうに過ごそうかと。

何しろ部活はやめてしまったし、博道くんと別れたから、時間だけはいっぱいある。

なんだって出来る。

なら有意義に使っていきたい。


さあどうしよう。

新しい恋でも探してみようか。それもいいかもしれない。きっと次はこんな失敗はしない。

もっと上手くやれるはずだ。

……でも、まあ、今はそんな相手もいないか。

ならば保留だ。それは追い追い、これだという人と出会ってから考えることにしよう。

じゃあ勉強とかは？　この間の中間テストは精神的にまいってたせいで散々だった。巻き返す必要がある。

……ああだけど、なんてことだ。あたしが頼りにしていた先生は博道くんと時雨だ。流石に今二人を頼るのはこう、気まずいとかそういうレベルを超えてる。却下却下！

いっそ部活に復帰するというのはどうだろう。部長もみんなも、いつでも戻ってきていいと言ってくれているし。きっと歓迎してくれる。

……歓迎はしてくれるだろう、けど、やっぱり勝手すぎるかな。この間やめたばっかりで、またやりたいなんて。それにいざ舞台に立ったら、また嫌な思い出を思い出して気の抜けた演技をしてしまうかもしれないし。

ああ、こうやって改めて考えてみると、

「あたし……ほんとに全部なくしちゃったんだ……」

大好きだった恋人も。
あれだけ熱中していた演劇も。
久しぶりに再会出来た生き別れの妹も。
何も、何も、……あたしの手元に残っていない。

「でよぉ、この間のパート練でさぁ」
「アハハッ！　なにそれおかしー！」

あたしを二台の自転車が追い越していく。

乗っているのは星雲《せいうん》の生徒だ。男女どちらも制服を着ている。

今日は日曜日で学校はない。部活の朝練だろうか。

その男女の姿が――――博道くんと時雨に重なる。


「…………………」


時雨はまだあの家にいるはずだ。

二人はもう、顔を合わせたんだろうか。

顔を合わせたら、きっと博道くんは言うだろう。

あたしとの関係にケジメをつけたことを。

そしたらもう、二人が私の目をはばかることもない。


毎日一緒に登校して、同じ教室で授業を受けて、同じ家に帰る。

その日常のどこにも――――あたしは存在していない。

もうあたしの部活が終わるのを図書室で待ってくれている博道くんを迎えに行くことも、帰り道に二人でラーメンを食べに行くことも、休日にデートして……キスすることも、二度とない。

今の生徒があたしに一瞥《いちべつ》もくれなかったように、さっきの博道くんがただの一度も振り返ってくれなかったように、二人の目に、あたしなんて……もう映りはしないんだ。

「ぁ…………」


ふいに膝から下がなくなったように、力が抜けて、あたしは道路にへたり込む。

立ち上がる気力が湧いてこない。

湧いてくるのは後悔ばかりだ。

そう本当は、本当は納得なんて出来てないいんだ。

これが自分の行いが生んだ、あるべき結末だというのは理解しているけど、だけど、

「さみしいよぉ……っ」


理解は出来ても、受け入れられない。受け止め切れない。

寂しい。苦しい。辛い。

博道くんとの思い出、粉々になった初恋の欠片が、しまい込んだ胸のなかであたしの心臓に突き刺さって血を流している。

こんな痛い思い出が、いつか宝物になる日が来るんだろうか。本当に?

あたしにはとても信じられない。


ああ、どうしてあたしは……本音なんて求めてしまったんだろう。

こうなることはわかっていたのに。

博道くんはもう、優しい嘘をついてくれないだろう。

明日からあたしはひとりぼっちだ。

あたしの隣にいた博道くんは、時雨の隣に居て、あたしは遠くで二人を見つめてて、決して
そこに立ち入ることは出来ない。

修学旅行でも、三年生になっても、大学に行っても、その先も――

そして、何かの機会に顔を合わせるたびに、あたしは作り笑いで二人を祝福するんだ。

そういう明日が、ずっと続く。これから先、ずっとずっとずっと続いていく。

それがありありと想像出来て、あたしは、嗤《わら》った。


何が新しい明日に踏み出そう、だ。

そんな明日が、あたしにとって一体何の価値があるんだ。

何の価値もない。

あたしにとって価値があるのは……もう、過去ばかりだ。

そう、そうだ。あたしにはもう過去しかない。

だったら……、博道くん……あたしは、あたしは……もう、

「もうどこにも行きたくないよ……。博道くん……」

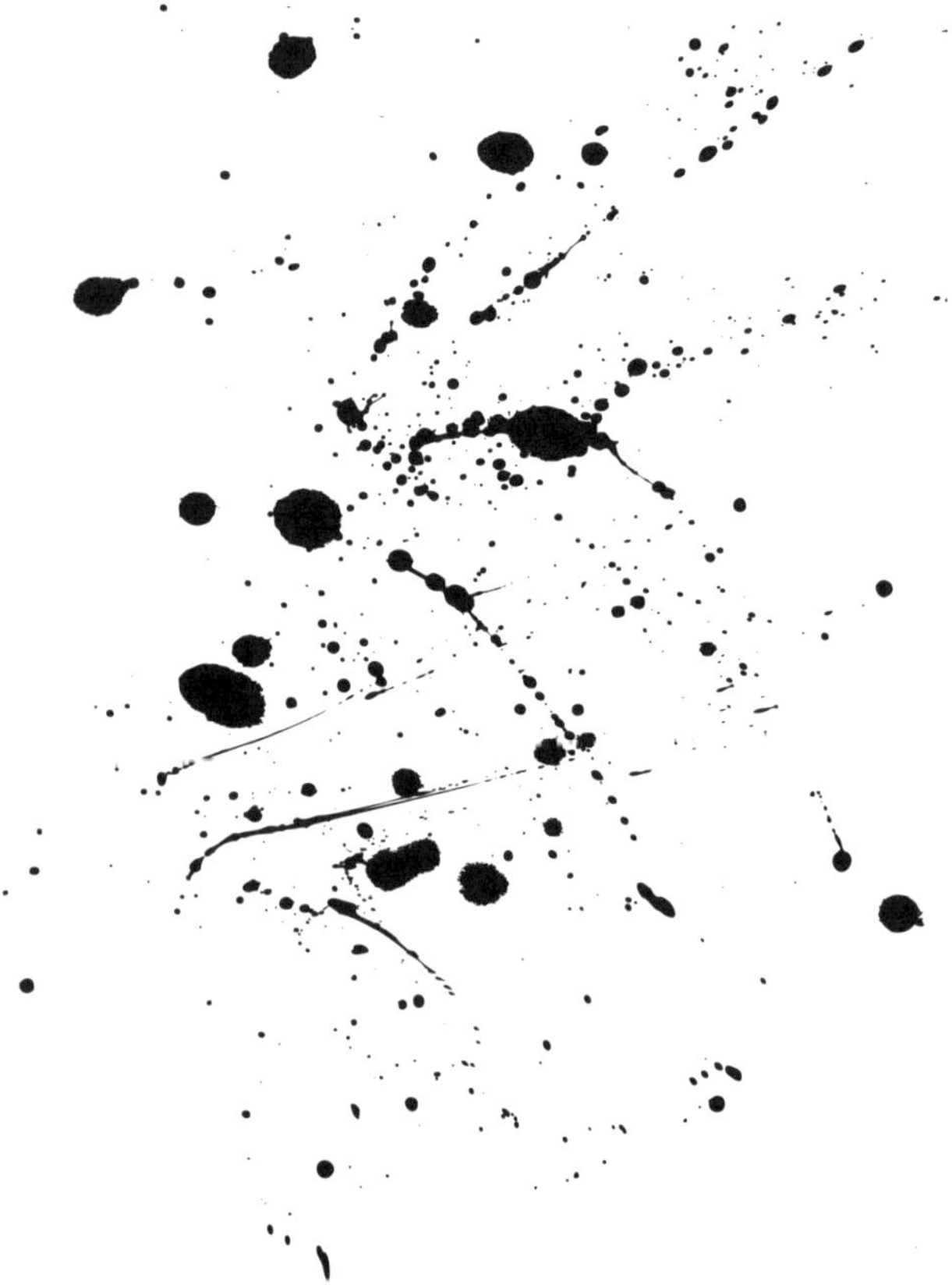

第四十二話　もうどく×ピュアハート

『佐藤時雨《さとうしぐれ》さんが交通事故に遭いました』


兄との朝食の途中かかってきたその電話に、最初私は混乱した。

だって、佐藤時雨はこの私なんだから。

いたずら電話か？　一瞬そう思ったが、すぐに気づく。

今、私の服を着て、私の身分証を持っている人間が誰だったかを。


私は電話を受けた後すぐに事態を兄に説明した。

姉は兄と別れた後の帰り道、道路で車に撥《は》ねられたらしい。

人のいない早朝だったからか、相手の車が結構なスピードを出していたようで、姉は重傷を負い、救急病院へと搬送されたという。

この話を聞いた兄の顔は、蒼白《そうはく》を通り越して死体のように白くなった。

当然だ。

彼と別れ話をした直後にこの事故。

私の頭には、最悪の可能性がよぎる。

きっと、兄もそうなのだろう。


つまり、姉は兄にフラれたショックで自殺しようとしたんじゃないかという可能性だ。


そのあと、私は姉が事故に遭ったことを一人家に残っている父に電話で知らせ、兄と二人タクシーで姉の搬送《はんそう》された病院へ向かう。

そこで合流した父に、どうして夜中の間に二人して出歩いたのかを問い詰められたが、正直に話せば兄を巻き込むことになる。だが、事故の知らせを聞いてからの兄は、とても会話出来る状態ではなかった。だから私は怒り狂う父を必死に誤魔化し続けた。

そうして……三時間ほど経った頃。

医者が手術が無事終わったことを知らせてくれた。


姉の外傷は両足と右腕の骨折。そして頭蓋骨の骨折だった。

とくに頭部の傷は脳内出血を引き起こしていたらしく、危険な状態だったらしい。

だがともあれ一命はとりとめて、今は麻酔で眠っているとの事。

とりあえず私達はほっと胸をなでおろし、私と兄は眠る姉の横顔を一度見てから、父を残して家に戻った。


そしてその夜のこと。

麻酔から姉が目を覚ましたと父から連絡があった。

さらにもう一つ、警察からの報告で、……事故を起こした車の運転手は、姉が車線に飛び出してきたのだと証言しているということも。


私は、明日二人でまた面会に行くことを告げる。

……意識を取り戻したなら、問いたださなければならない。

この事故が……本当に事故だったのかを。


でも、……もし本当に自殺しようとしたのだとしたら、兄はどうなってしまうんだろう。

私は少し怖くなる。

その事実を、この人は受け止め切れるんだろうかと。

だけど確認しないわけにもいかない。憔悴《しょうすい》しきっている兄の姿を見て思う。

こんな有様では、この人の方が死んでしまう。

そして翌日、私達は事故の経緯を姉に話してもらうため、姉の病室を訪ねる。

と、そこにいたのは――

「あっ！　二人とも！　お見舞いに来てくれたの？　ありがとー♪」

……私達の想像をはるかに超えて元気な姉だった。

いやまあ、頭も手足も包帯でぐるぐる巻きで痛々しいのだが、テンションが重傷患者のそれではない。

こちらの予想を裏切るその様子に、私は兄と顔を見合わせる。

私達の考えすぎだろうか、と。

ただこればかりは本人の口から確認しないことにはわからない。

「晴香《はるか》……あの……」

「姉さん。貴女、ワザと飛び込んだんですか？」

「ッ――――！」

挨拶《あいさつ》もそこそこに私は回りくどい探りを入れようとした兄を差し置いて切り出す。

事故に遭った人間に自殺しようとしたんですか、なんてはっきり言って異常な質問ではあるが、前後の事実関係を考えれば私達の質問は当然なもののはずだ。

ここで変に探り合っても仕方がない。

のだが、

「…………………え？　どういうこと？？？？」


姉は鳩《はと》が豆鉄砲を食ったようなマヌケな顔になった。

そして、しばらくパチパチと目を瞬かせると、

「もしかして、これ？」

唯一自由に動く左手で、自分の頭部の包帯を指した。


「そうです」

「じょ、冗談言わないでよ！　なんでそんなことしないといけないのっ⁉　そんなことしたら

下手したら死んじゃうじゃない！」

瞬間、姉は真《ま》っ青《さお》になって、信じられないようなものを見る目で私を見ながら、私の質問を否定した。

これは……演技なのだろうか。

演劇に真面目に取り組んできた姉の演技は、プロの部長さんから見れば拙いらしいが、素人の私から見たらまるで判別がつかない。

実際以前私はこれに騙された。

だから慎重に見極めようと、姉に問いかける。

「じゃあどうして事故にあったんですか？」

「そんなのあたしが聞きたいよ！　気付いたらこんなミイラみたいになってたんだから！」

憤慨したように姉は頬を膨らませる。

……やっぱり、本当にただのタイミングの悪い事故だったんだろうか。

もちろんそれに越したことはないんだ。

私だって、姉と兄を取り合いはしたが、死んでしまえなんて思ったことは――

「はぁぁ、も～散々だよ。せっかく部長が文化祭の主演に選んでくれたのになぁ……」


は？

ちょっとまって。

今、なんて言った？


「晴香、なんで……今文化祭の話なんてしてるんだ？」

「だって全治三ヵ月って言われちゃったから練習なんて参加出来ないし。……ごめんね。博道くんも彼女の晴れ舞台だって楽しみにしてくれてたのに」


悪寒が背筋を震わせる。

脳裏に最悪の可能性がよぎる。

まさかと、それを否定したくて私は姉に、尋ねた。

「姉さん。一つお尋ねします。——今日は十一月の何日ですか？」

「……さっきから何言ってるの時雨。まだ八月でしょう？　だって夏休みだもん」

姉は……記憶を失っていたのだ。

×　×　×

姉の記憶障害は事故による外傷が原因と診断された。

『搬送されてきたとき、晴香さんの脳は内出血で強く圧迫された状態にありました。手術で血抜きをすることで危険な状態は脱したのですが、圧迫された脳組織の一部が物理的に損傷したため、記憶の一部が失われたのだと思います』

『……それは、治るんですか？』

『記憶障害には精神的なものと物理的なものの二通りあります。前者は要因を取り除く、あるいは精神状態が落ち着くことで自然治癒《ちゆ》が見込めます。しかし、外傷が原因の物理的な記憶障害の場合、記憶ごと脳が損傷している可能性が高い。……確実なことは言えませんが、記憶が戻る可能性は低いと、考えていただいた方がいいです。

　ただ、幸い晴香さんの場合失っているのはごくごく最近の記憶だけで、自分の名前や家族の名前、一般常識はしっかりと覚えていますし、学習能力にも障害は見られませんでした。このままでも怪我《けが》さえ完治すれば、日常生活も支障はないかと思われます』

医者と父の会話を聞く限り、そういうことらしい。
そして姉が失ったごく最近の記憶とは、大体夏休みの中ほどから事故に遭うまで。
つまり――

自分の写真が部長のインストグラム発でバズって大きな騒動になったことも、
それが原因で高尾と再会してしまったことも、
そして、……兄と別れたことも、
なにもかもが、姉の中でなかったことになったのだ。
なかったことになってすべてが巻き戻ってしまった。
今の姉は、そうまさに……兄が大好きだった姉のままだ。
明るく、快活で、演劇が大好きで、そして……兄のことが大好きな、あの頃の。
その現実は……兄にとてつもなく大きなショックを与えた。

「おにーさん……」

私は締め切られた兄の部屋の扉の前で呼びかける。

返事はない。

……あれから兄は、自室に引きこもってしまった。

台所に置いた料理も手を付けている様子がない。

飲まず食わずで、もう二日になる。

これ以上は危険だ。

私はドアノブに手をかけた。


「おにーさん。入りますよ」

「……やめてくれ」

「そう言ってもう二日も閉じこもってるじゃないですか。いい加減死んじゃいますよ」

ドアノブを回す。

私と兄の部屋には鍵がついていない。

ドアは簡単に開いた。

「……おにーさん」

兄は真っ暗な部屋の端っこに膝を抱えて座り込んでいた。

「出ていってくれ……」

膝に顔をうずめたまま言ってくる。
当然従わない。従えない。
部屋からひどいすえた臭いがする。
兄の髪はギトギトと濡れていて毛羽だっている。
まるで死にかけの動物のようだ。
このまま放っておいたら、この人は本当にどうにかなってしまう。
私は兄の前に膝をついて、彼に語り掛ける。

「おにーさん。ショックなのはわかります。もしかしたら、自分が姉さんをフッたせいで姉さんが自殺しようとしたんじゃないか。そう考えてるんでしょう。自分が姉さんを、死を選ぶほどに追い詰めたんじゃないかって」

そう考えるのはタイミング的に無理のないことだ。

私も最初はその懸念を抱いた。

だけど、

「それは悪い方向に想像力を働かせすぎです。警察の人が言うには、事故を起こした車がスピード違反をしていたのはブレーキ痕などから明らかなようです。事故現場の目撃者がいないので確実なことは言えませんが、運転手が自分が不利にならないよう嘘を吐いている可能性も充分に――」

「だったら何だって言うんだよッッッ!!!!」

兄は大声で怒鳴った。

ざらざらした、ひび割れた声だった。

「おにーさん……」

「なあ、時雨だって……わかってんだろ。そんなの、全部可能性だ……。何とでも言える可能性の話でしかないって……！　それはつまり、晴香が自殺しようとした可能性だってあるってことじゃねえかッッ!!」

「…………」

「俺が、殺したんだ」

「違います」

「違わない」

「違います」

「違わないだろッ！　それ以外なにがあるってんだよッ！　晴香があのタイミングで死ぬことを選ぶ理由なんてッ!!」

ガリガリと、兄は頭を掻きむしる。

「軽く見てたんだ。晴香が死ぬって言った言葉を……俺は！　軽く考えて、突き放して、俺が、俺が晴香を死なせかけた……！　俺程度の！　なんの才能も無いボンクラがさあ！　人間一人殺しかけたんだッ!!　しかも、よりによってあの晴香をッ!!」

「落ち着いてくださいおにーさんっ！　お願いですから！」

私は兄の腕を摑んでやめさせる。

そして重ねて語り掛けた。

「そんなに自分を傷つけないでください。まだそうだと決まったわけじゃないでしょう」

「ああそうだ……決まったわけじゃない……きっともう、二度とわからないんだ。医者が言ってたろ。記憶は戻らないって。だからもう確かめようがない。だけど、だけどな時雨……」

腕を掴んだ私の顔を、兄はゆっくりと見上げる。

血の涙でも流したんじゃないかというくらい真っ赤な目で。

「ほんの少しでも、ゼロコンマ1％でも、俺のせいで晴香が死のうとした可能性があるんなら、俺は……そんなの耐えられない。耐えられないよ。人間一人の命なんて、俺には、とても背負いきれない……」

焦点のあってない真っ赤な眼球が震える。

瞳が震えるだけで涙が流れないのは、たぶんもう、流す涙も残っていないんだろう。

「俺、がんばったんだぞ。がんばって、覚悟決めて、本音で話して……、それで終わって、やっと、始められるって、そう思ってた。……だけどっ、全部、なくなっちまったっ。……こんなの、もう無理だよ。俺には、出来ない……！

晴香を、もう一度殺すことなんて、おれにはできない……っ!!」


兄は私に縋《すが》りついて、私の胸でえずくようにすすり泣いた。

ごめん、ごめんと、繰り返しながら。

私はそんな兄の姿に理解した。

ここが、この人の心の限界点なのだと。


この人はこれまで、本当に頑張っていた。

元々人を裏切ったり、傷つけたり出来るような人じゃないのに。

私のために。私との関係を、誰にだって胸を張りたいからと。

慣れないことを頑張って、無理をして、それでも頑張って、――今、限界を迎えた。

この人をこの人たらしめる精神は、もうほんの少しの刺激で千切れてしまうような細い一本の糸になるまですり減って、かろうじて繋がっている状態なのだろう。

これ以上はこの人が壊れてしまう。
私は――この人の笑っている顔が好きだ。

大好きな人には、いつだって楽しい顔をしていて欲しい。

だから……この人が私の前で、姉を想い苦しむ姿に、ずっと憤りを感じていた。

悔しくて仕方がなかった。

海の時も、泣いて帰ってきた夕暮れも、そして祭りの夜も――

この人の悲しむ顔も苦しむ顔も大嫌いだ。

そんなものは見たくない。

見たくない――なかった、はずなのに……

なんて……ことなんだろう。

姉のためじゃない、私のために、壊れる寸前まで擦り切《き》れた彼の姿に、愛おしい人の傷つき疲れ切ったその有様に、私は――

頭がおかしくなりそうなほど、自分の中の『女』が昂《たかぶ》っていることに気が付いた。


「っっ～～～～ぅ」

体が熱い。

喉《のど》がカラカラに渇く。

頭に火花が散っている。

……可愛い。なんて、可愛い人なんだ。

こんなになっても、彼は私のことを忘れられない。

それが自分を苦しめると知っているのに、捨てられない。

きっとこの人はこれからも苦しみ続けるんだ。姉さんに優しい嘘を吐きながら、ずっとずっと、私に対して負い目を感じ続ける。私に心の中で詫び続ける。

そんなこの人のいじらしさが、愛おしくてたまらない。


この人を救う方法があるとすれば、それはもう一つだけ。

私が、私から兄を捨てることだろう。

本当にこの人のことを想うならば、それ以外に取るべき選択肢などはない。

それだけが、この苦しみから彼を解放できる。

私にはそれが出来る。わかっている。

でも、

「大丈夫。わかってます。わかってますよおにーさん。おにーさんがどれだけ私を愛してくれているかは。だから、謝らないでください」

「しぐ、れ……」

「私のために、こんなに苦しんでくれてありがとう。でも……言ったでしょう。私は、おにーさんがそう思ってくれるだけで幸せなんです。彼女とか、結婚とか、約束も証も、何もいらない。私はただ……おにーさんが私のために流してくれている、この涙だけでこれ以上ないくらい報われているんですから。だから──


これからは二人で、姉さんに優しくしてあげましょう。

二人で、優しい嘘をついてあげましょう。もう一度姉さんが壊れないように。理想の恋人と、理想の妹を演じ続けましょう」


──譲れるわけないじゃないか。

こんなにも可愛らしくて愛おしい、私の大好きなおにーさんを。

ケーキの大きい方は譲っても、ゲームの一番は譲っても、この人だけは譲れない。それはもう、私の中の真実なんだから。

なにがどうなろうと私はこの自分の中の真実を曲げない。曲げられない。

そんなのはもう、とっくにわかっていたことなんだから。

だから、姉さん、姉さん、いいですよ。
貴女は何もなかったように恋人で居続ければいい。
結婚だってすればいい。
子供だって作ればいい。
一緒の墓にも入ればいい。
い、い、い、そんなものが欲しいなら、貴女に全部差し上げますよ。

でも、――この人の心の一番奥にいるのは、いつだって私だ。

ここは、私だけの場所だ。
誰にも譲らない。譲ってなんてやるものか。

「これは私達だけの秘密。私達だけの真実。私達はずっとずっと……二人だけの共犯者です」
「ぅうぅ……ぁあ、ぁ、ぁあああ‼‼」

私は、張り詰めていた兄の……精神の糸を軽く爪弾く。

かろうじて残っていた最後の一本は、たやすくプツンと千切れた。

支えを失い崩れ落ちそうになる兄を私は優しく抱きしめる。

抱きしめて、自分の顔を見られないようにする。


だって、きっと今の私は――とんでもなく醜悪な顔で笑っているから。


……彼はこれからも私のために、自分を傷つけるに違いない。

だったら私は、私のためにつけてくれた傷に口づけをしよう。

そこから滴る血はきっとたまらなく甘美な味がするだろうから。

そしてその傷に私はありったけの愛を注いであげよう。

私という人間に出来ることすべて、私という存在の何もかもを使って、この人を愛して、幸せにしてあげよう。


私の愛《どく》で満たすんだ。

もうこの先、私なしでは生きていられないように。

「愛していますよ。おにーさん」

カノジョの妹とキスをした

I kissed My Girlfriend's Little Sister

エンディング　この広い世界の片隅で

「…………」

眩しさに目を醒ます。
窓の外から差し込む『白』が、朝を告げている。
その光に、自分が長い、とても長い夢を見ていたのだと理解した。

……懐かしい、夢だったな。

高校の頃のことをこんなにはっきりと思い出したのは久しぶりだ。
思えばずいぶんと数奇《すうき》な運命を歩んできたものだと思う。
気だるい身体を起こして、ベッドから出る。
居間からはテレビの音がする。
フラフラとそちらに歩いて行くと、

「あっ。おはよー。博道《ひろみち》くん」

そして、

台所に立つ『晴香《はるか》』が俺に気付いて、朝の挨拶をしてくれた。

「ほら。真司《しんじ》もパパにおはようって言ってー」

晴香はそう、テレビの前に座る子供に声をかける。

子供はちらりと一瞬だけこちらを見て、

「ん、おはよ」

すぐにテレビの方へ視線を戻した。

朝のショートアニメを見るのに忙しく、俺にかまってる余裕はないようだ。

そんな子供の態度に晴香は「まったく」と呆れたようにため息を吐く。

この子供は、俺と晴香の子供だ。

あの後、俺たちはずっと交際を続けた。

高校を卒業した後は、俺は国立の大学に、晴香は部長さんの伝手《つて》で紹介してもらった芸能事務所に、それぞれ通うため一緒に上京、同棲《どうせい》した。

そして、俺が大学を卒業すると同時に結婚。

それからすぐに子供が生まれて、今年でもう五歳になる。

当然俺も歳《とし》を取って、今ではもう三十路《みそじ》を手前にしたいいオッサンだ。

毎朝の髭剃《ひげそ》りが欠かせない。

対して晴香はというと、不思議なことに大学時代から殆ど変わった様子がない。

真司を産むまで見られる仕事をしていたからというのも大きいんだろうが、やはり血なんだろう。実際義母《かあ》さんは今でも実年齢よりはるかに若く見える。すっかり禿《は》げかえった親父とはえらい違いだ。

そんな美人妻だから、当然近所のパパ友からは逢うたびに羨《うらや》ましい羨ましいと言われている。

もしかしたら隠れて言い寄っている奴もいるかもしれない。

大学時代もたびたびそういうことがあった。

まあ明らかに釣り合いの取れてないカップルだからな。

俺でも行ける！　って感じなんだろう。

もちろん、晴香は俺のことを心から愛しているわけだから、そんな想いが実ることはないのだが。


——三人で朝食を済ませた後、俺は出勤の準備をする。

髪を整え、スーツに袖を通し、鞄《かばん》の中身をチェック。忘れ物がないことを確認した後、玄関で晴香が就職祝いに買ってくれた革靴を履く。

靴ベラをフックに掛けなおしていると、洗い物を中断して晴香が見送りに来てくれる。

晴香は壁に立てかけてあった鞄を手に取ると、俺に差し出す。

俺はそれを受け取りながら、彼女に言った。


「今日は金曜日だから、また担当先に行ってそのまま飲むことになると思う」

「じゃあ夕飯は外で済ませてくるんだね。何時頃帰ってくる？」

「……わかんないけど、たぶんいつも通り深夜か朝になるかな」

「そっか……。うん。わかった。じゃあ真司は寝かしつけておくね」

「頼む」

そうお願いしてから、俺は晴香の唇に軽く触れる程度のキスをする。

花金のいつものやり取りだ。


「あー、パパとママまたチューしてる。あーくんやマミちゃんのパパとママはそんなことしないっていってたよー。なんでパパとママはまいにちチューするの？」

「それだけパパとママは仲良しってことだよ。自慢してきていいぞ」

「えー、しないよ。はずかしいもん。ともだちがきてるときはやめてよねっ」

「わかったわかった」


幼稚園児には幼稚園児の社交があるらしい。

俺は一度膝を折って、俺たちのキスに文句をつけてきた真司の頭をくちゃくちゃと撫でた。


「……じゃあ行ってくる」

「はい行ってらっしゃい」

「パパいってらっしゃいー」

家族に見送られて、俺は家を出る。
そして、会社に向かって歩き出す。

――パパまたおそくなるの？　ゲームしたいのになぁ。
――…………。
――ママ……どうしたの？
――ん？　ううん。なんでもないよ。さあ、真司も幼稚園にいく準備をしなさい。
――はーい。

扉越しに漏《も》れ聞こえてくる二人の声を聞きながら。

×　×　×

あれから、十年以上の長い時間が流れた。
本当に長い時間だ。
当然、街も人も、いろんなものが変化した。

俺の友達の若林友衛《わかばやしともえ》は俺たちよりも少し前に虎子《とらこ》さんと結婚して、東京《とうきょう》で経営コンサルタントの仕事をしている。虎子さんとの間に二人の娘がいるので、長い休みには一緒にキャンプに行ったりと、ウチとは家族ぐるみでの付き合いがある。

一方剛士《たけし》は、なかなかすごいことになった。アイツは自慢の筋肉で着実にインストグラムのフォロワーを増やして、高校を卒業と同時になんとユーチューバーデビュー。今では大手事務所に所属する筋肉タレントとして、たまにドラマに出てたりもしてる。まさかあいつが晴香以上に芸能界で出世するとは、世の中わからないもんだ。

俺はというと、東京の大学を卒業した後、晴香と一緒に地元に戻ってきて、公認会計士事務所に就職した。

大学在学中も特にこれといってやりたい仕事は見つからなかったので、単純に稼ぎが良くて安定感のある職を選んだ感じだ。

実際にやってみると、ごちゃごちゃした書類や数値をルールに則《のっと》ってまとめる仕事は、取り柄がない分勉強ばかりやっていた俺には思いのほか性に合って、会社での評判は悪くない。

最近では任される仕事の量も増えて、出世もして、当然給料も上がった。

若くて綺麗な妻、大変ながらも実入りのいい仕事、元気な我が子。
文句のつけようもない充実した人生だ。
きっと誰の目にもそう見える。

でも、俺の目にはそれらすべてが……色あせて映っていた。

世界が色彩を失っている感覚。
何もかもが、白と黒のモノトーンに映る。
俺は灰色の海を回遊魚のように行き来する。
そこに感情なんてない。
ただそうしなければいけないから、そうしている。それだけだ。

でも……毎週金曜日だけは違った。
灰色の海に、温かなオレンジ色の光が差す。
灯台の明かりのように、それは俺を導いてくれる。

「――――」

会社を定時で退社したあと、俺は光に導かれるまま、夜の街を進む。

何本かの電車を乗り継ぎ、喧噪《けんそう》と白く点滅する繁華街の明かりから遠ざかって、俺は平成を素通りしてきたようなさびれた下町の一角へ足を踏み入れる。

俺を導いてくれた光は、そこに建つ木造二階建てアパートの一室から漏れ出していた。

俺は朽ちて穴だらけになった板金の階段を上り、その一室へ向かう。

そう――、かつての俺たちの家へと。

チャイムを押す。

ギザギザにささくれた安っぽい呼び鈴の音が鳴る。

程なく足音が近づいてきて、扉が開らかれた。

瞬間、色彩が俺の視界に満ちる。

その家の中と、扉を開けてくれた人物だけが、灰色の海で鮮明だった。

「おかえりなさい。おにーさん」

「ただいま。――時雨《しぐれ》」

×××

佐藤《さとう》家がずっと住んでいたボロアパート。

親父の再婚にあわせて一度は引き払ったのだが、今時オフィス街へのアクセスも悪い築50年を超えるような物件、借り手なんてつくはずもなくずっと空室になっていた。

そこを、大学を卒業して地元に戻ってきた時雨が借り直したのだ。

以来ずっと、時雨はここで、星雲《せいうん》の教師をやりながら一人暮らしをしている。

そして俺は……週末の金曜日、会社帰りにここに訪れるのが習慣になっていた。


晴香には同僚や顧客と飲みに行くと嘘《うそ》を言って。


「もうご飯は済ませちゃいましたか?」

「いや、今日はまだ食ってないな」

「よかったぁ。じゃあ一緒に食べましょう。今日はから揚げですよ。おにーさん好きでしょ。から揚げ」

「好きだけど、最近油モノはなぁ」

「なーにをジジくさいこと言ってるんですか。もう」

クスクスと笑う時雨の後に続いて、居間に入る。

居間には小さなちゃぶ台があって、テレビがあって、奥の六畳間が時雨の寝室で——

街も、人も、何もかもが変わっても、此処だけは俺たちが一番幸せだった時のまま、時間が止まっていた。


「なんか手伝うことあるか？」

「こっちはもう揚げるだけなので特には。手持無沙汰《てもちぶさた》なら冷蔵庫からお酒出して、先に飲んでてくれてもいいですよ」

「いや、待つよ」


時雨が調理を終わるのを待って、俺たちは乾杯をする。

そして時雨の作ってくれたから揚げをいただく。

歯を入れた瞬間『シャク』とくだける衣。

直後『じゅわり』と口の中に広がる肉汁の奔流。

そして鼻を突き抜ける香辛料の刺激的な香り。

それは夢の中で食べたから揚げと同じ、俺の大好きな味だった。


「そういえばおにーさん。相沢《あいざわ》さんって覚えてます？」

「特進の？　忘れようとしても忘れられるキャラでもないだろ」

「あの人も教員免許取ってたみたいで、星雲に転勤してきたんですよ」

「ま、マジで⁉」

「びっくりですよねー」

「ビックリっつーか……勤まんのかそれ？　なんかもう今から女子生徒と問題起こす気しかしねーんだけど……」

「あはは。まあ大丈夫でしょう。高校の頃も二学期あたりからはそんなに悪い噂は聞きませんでしたし」

「そういえば一時からずいぶんと大人しくなってた気はするな」


俺と時雨の食卓に気取った話はない。

大抵がこの一週間の出来事をダラダラと、酒を飲みながら語り合うだけだ。

でも、それがいい。

それだけでいい。

それだけで俺は心から安らげる。

だって、時雨にだけは、――嘘を吐かなくていいから。


ありのままの自分で居られる時間。

その居心地の良さに、眠気が襲ってくる。


「ふぁぁ……」

「おにーさん、お疲れですか？」

「ん……最近出世したぶん、忙しくてな」


それに今日は……ずいぶん長い夢を見ていたから。正直あまり眠れた気がしなかった。

「せっかく遊びに来たのにあれだけど、ちょっとだけ寝ていいか？」

俺が尋ねると「仕方ないですねー」と時雨は肩をすくめて、そっと膝を崩すとタイトスカートの上から自分の腿《もも》をポンポンと叩いた。

「ほら、おいで。膝貸してあげます」

俺は言葉に甘えて、時雨の膝を枕に横になった。

「……ごめんな。週に一回しかこれないのに」

「構いませんよ。私は……おにーさんと一緒にいるだけで、十分幸せですから」

そう言いながら、時雨が愛おしそうに俺の髪を撫でる。

その左手の薬指には、いつか俺が誕生日に贈った、大人になった今となってはおもちゃのような指輪が、変わらない輝きを放っていた。


――そう。俺は、俺たちは、あの日から嘘を吐き続けている。


医者の見立て通り、晴香の抜け落ちた記憶は元には戻らなかった。

だからあの事故が本当に事故なのか、それとも……自殺未遂なのか、それは未《いま》だにはっきりしていない。

ただ、もし自殺未遂だったら、晴香が俺のせいで死のうとしたのだったら、人ひとりの命な

んて、俺には重すぎる。

もちろん、こんな関係がバレれば、世間は俺たちを責めるだろう。

会社の同僚や上司、近所のパパ友やママ友、一人息子の真司、両親――

きっとみんな、俺のことを罵《ののし》るだろう。

当然だ。わかってる。

自分が世間様から糾弾《きゅうだん》されて当たり前の間違いを犯しているというのは理解してる。

でも、もういいんだ。

もう――心底どうでもいい。

何が正しいとか、何が間違ってるとか、俺はどうすべきなのかとか、

全部……疲れた。

飽きるほど悩んで、苦しんで、のたうち回って……、結局何一つままならなかった。

すべてが無駄だった。

だから、もう、いいんだ。

「――――」

俺を見下ろす時雨の頬に、手を添える。

小さな顔の、すべすべとした頬を撫でると、時雨が嬉しそうに微笑んでくれる。

細められた瞳の中には……初めてキスをした日からずっと変わらない、涙になって溢れ出しそうなほど愛情が湛《たた》えられている。

俺はもう、これさえあればいい。

この瞳の中で永遠に溺《おぼ》れていたい。


それが破滅だということはわかってる。

時雨の愛情が、身を滅ぼす猛毒《もうどく》だということは。

でも俺はもう、この愛情なくしては生きられない。


――生きていたくない――


もし時雨が失われるようなことになったら、俺は死ぬだろう。

比喩でも何でもなく、全部投げ出して死を選ぶだろう。

そういう確信がある。

だって……そんなの、何のために生きるのか、わからないから。

「…………」


頬から伝わる時雨の体温。

髪を優しく撫でられる心地よさ。

体内のアルコール。

瞼が次第に重くなって、俺は心地よいまどろみの中に落ちていく。


その最中、俺は——願った。

切に、切に願った。


神様。神様。

俺はこれからも嘘を吐き続けます。

俺の大切な共犯者と一緒に。

嘘で塗り固めた今を維持するために、周りの皆を騙し続けます。

晴香も、真司も、親父や義母さん、近所の人や会社の皆——全員を騙して、立派な父親であり続けます。

晴香を幸せにする。真司を幸せにする。みんなを幸せにする。

もう二度と、誰も傷つけません。


だから、だから、一つだけお願いです。


俺は頑張るから、命かけて、死ぬまでずっと頑張って、俺の嘘が誰の目から見ても真実にしか見えないようにし続けるから、どうかお願いします。

誰にも言えなくていいんです。

誰にも知られなくていいんです。

この広い世界の片隅の、小さなボロアパートの、一部屋の中だけでいいですから、
俺の真実の愛が、いつまでもいつまでも、此処に在り続けることを許してください。

どうか。どうか——

あとがき

いもキス4巻ご購読ありがとうございます。作者の海空《みそら》りくです。

3巻から一年ぶりの刊行となります。お待たせしました。

さてまず前置いておきたいのですが、このあとがきはいもキス4巻まですべてを読んでくれた読者さんに向けて書いているものです。そのためネタバレが無数に存在します。まだ本編を読んでいない方は、ぜひ本編を読んでからご覧ください。

改めまして読了ありがとうございます。この結末をご覧いただいて皆さんがどう思っているのか。それは人それぞれだと思います。こういう結末を望んでいなかった方も多いかもしれません。しかし、自分は今回この作品に対して、そしてこの作品が扱ったテーマに対して、納得のいく結末を描き切ることが出来ました。

一巻のあとがきでも語りましたが、この作品、『不純愛』と銘打ってますが作者である海空は『純愛』だと考えています。倫理観も、これまでの人生全部棒に振っても惜しくない、全部台無しにしてもたった一人の一番でいたい。そんな強すぎる『執着』こそが『純愛』だと思うからです。

自分はこの作品でその『純愛』を突き詰めてみたかった。

だからこそ思うのです。そんな本気の『執着』を持った人間同士がぶつかったとき、折り合いなんてものがつくのかと。

この作品の結末を色々と考える過程で、もちろんハッピーエンドも考えました。晴香《はるか》が納得して二人を応援しながら身を引くエンド。時雨《しぐれ》が諦めて二人を祝福するエンド。ラブコメや青春小説の負けヒロインが辿《たど》る結末の定番ですよね。

でも何をどう考えても、自分はその未来を想像することが出来ませんでした。ここまで激しい『執着』に拗《こじ》れに拗れた彼らが、『執着』した人間の隣に他人が居て、それを遠くから見ているしか出来ない未来を割り切れる姿が思い浮かばなかったんです。だって、そうならないからこそ彼らはこうなったわけですから。

だから、自分はこの結末こそをこの作品のエンディングとして選びました。

たとえ誰からも理解されなくても、誰に話すことも出来なくても、博道《ひろみち》と時雨は世界の片隅で二人だけの真実を掴みました。立場のなければ約束もない『執着』だけの繋がり。でも『執着』だけだからこそ、二人はこの世の何よりも強く結ばれているのです。事ここにいたり、そのお互いの『執着』――『愛情』以外は二人にとって些末《さまつ》なことでしょう。道徳も、立場も、そして……晴香が本当に記憶をなくしているのかどうかさえ。

すぐ傍《そば》に一番好きな人が居て、その人もまた自分のことを一番好きでいてくれる。シンプルですが、それで十分なのではないでしょうか。

こうして無事最後まで三人の物語を書くことが出来たのは、応援してくれた読者さんのおかげです。特に、この作品に関しては本当に、読者さんの応援がすべてでした。

というのも、一巻から読んでくださっている人は知っていると思いますが、いもキスは一巻の発売が2020年の4月刊だったんです。そう、まさに新型コロナウイルス最初の緊急事態宣言の真っ只中。そのとき何が起きたかというとあらゆる商業施設に営業自粛命令が出たのです。当然書店もこれには含まれています。アニメイトをはじめとするラノベの主戦場であるオタクショップは日本中の店舗が一時休業しました。

つまりいもキスは、そもそも店がやっていないときにシリーズがスタートした作品なんです。ライトノベルという媒体は、漫画のようにどこかで連載をしているものではありません。その存在は一巻が発売され、今週の新刊として短い間人目につきやすい書店の平台に並べられ、そこで初めて読者さんに作品の存在を認知してもらえるエンタメです。そしてその一、二週間の短い期間にどれだけ売れるか、それが全てです。ここを躓《つまづ》くと『よっぽど』のことがない限り巻き返すことは出来ません。シリーズ打ち切りになります。

いもキスはそのラノベ新シリーズにとって最も大切な期間をコロナで丸ごと失ってしまいました。人気作の続刊ならともかく、店頭にすら並ばない新シリーズなんて、レーベルのホームページをチェックしてる読者さんでないかぎり、まず存在することすらわかりませんからね。だけど、この作品に限ってはその『よっぽど』のことが起きました。書店がやってないんだから当然初速はひどいものだったんですが、それでも手にしてくれたラノベ好きの読者さんが『この作品面白いぞ』とSNS上で口々に話題にあげてくれて、それが大きくなるにつれて実売もじわじわと動いていき、やがて重版、さらには『このライトノベルがすごい！2021』で文庫部門8位に選んでもらえました。

いやぁほんとに滅茶苦茶頼もしかったです。新刊発売後のエゴサは毎回のことなのですが、すべてにありがとうのリプを投げたかった！（まああんまり作者が作品の感想にしゃしゃっていくのもどうかと思うので控えましたがw）

でもツイッターの呟きやアマレビュは大体見ています。初動を棒に振って存在さえ知られず消えていくはずのシリーズが、こうして納得のいく形で締められたのは話題にしてくれた読者さんのおかげです。本当に頼もしく、感謝しかありません。最後の機会になりますので、この場で改めてお礼を言わせてもらいます。本当にありがとうございました！

またマンガUP！でついに始まったこの作品のコミカライズで、この作品の魅力を小説とは違う形で表現してくれている加藤《かとう》かきと先生と敷誠一《しきせいいち》先生のお二方にも感謝を。

そして毎回この作品に素晴らしいイラストを描いてくださったさばみぞれ先生。この作品はさばみぞれ先生が描いてくださった、思わずキスしたくなる時雨の愛らしさ無くしては『説得力』という点で成り立ちません！　そりゃこんな子が一つ屋根の下で好き好きオーラ全開で迫ってくるんだから道も踏み外すよね！　当然だよね！　本当にお世話になりました。

さてあとがきが普段以上に長くなりましたが、これにて『カノジョの妹とキスをした』は完結となります。

後半刊行がスローになってしまったのは申し訳ないです。正直に言えば、２０２０年からコロナの影響をはじめ色んな事が重なって精神的にまいってしまってて、丁度今作の二巻を出した辺りにもう自分一人では立て直しが出来ないくらい崩れて、これはもうどうにもならないと担当さんに相談し刊行ペースを調整して貰っていました。

でもなんとかかんとかやり通すことが出来て今はホッとしています。

皆さんの感想を聞くのが一番の楽しみです。レビューなりツイートなりしてくれたらほぼ確実にエゴサしにいきます（笑）

それでは皆さん、この作品のエンディングまで付き合ってくださり、ありがとうございました。いずれまた違う作品で再会出来たら嬉しく思います。

ファンレター、作品の
ご感想をお待ちしています

〈あて先〉

〒106－0032
東京都港区六本木2－4－5
SBクリエイティブ(株)
GA文庫編集部 気付

「海空りく先生」係
「さばみぞれ先生」係

本書に関するご意見・ご感想は
右のQRコードよりお寄せください。

※アクセスの際や登録時に発生する通信費等はご負担ください。

https://ga.sbcr.jp/

カノジョの妹とキスをした。4

発行　2022年9月30日　初版第一刷発行
著者　海空りく
発行人　小川 淳

発行所　SBクリエイティブ株式会社
〒106－0032
東京都港区六本木2－4－5
電話　03－5549－1201
03－5549－1167（編集）

装丁　AFTERGLOW

印刷・製本　中央精版印刷株式会社

ISBN978-4-8156-1458-4
Printed in Japan
GA文庫